新・若さま同心　徳川竜之助【八】

幽霊の春

風野真知雄

双葉文庫

目次

幽霊の春　新・若さま同心 徳川竜之助

序　章　透明の剣

見えない剣。
それは、ふいに浮かんだ思いつきだった。
見えない剣を振り回されたら、誰も勝てないだろう。
だが、ちゃんと相手を斬ることができる。
まさに秘剣中の秘剣。
「そんな馬鹿な」
思いついて自分でそう言った。
だが、いったん思いつくと、頭から離れなくなるのだ。そういう性格だった。
自分でも嫌になるくらいである。
試行錯誤が始まった。
刃をギヤマンでつくるというのはどうだろう。

ギヤマンの破片で手を切ったりするくらいだから、それで刃をつくれば、透明な剣になるだろう。

ギヤマンの風鈴をつくる職人を訪ねてみた。

「ギヤマンの刀？」

職人はぽかんと口を開けた。

「できるのか、できないのか？」

叱りつけるように訊《き》いた。

「つくれと言われたらつくります。だが、それは飾りの剣ですよね？　それで人を斬ったり、戦ったりするのは難しいと思いますぜ」

「いや、実戦に使いたい」

「それは無理です」

何人もの職人に断わられた。ギヤマンをそこまで硬い刃にはできないという。

結局、これは諦めざるを得なかった。

しばらくして思いついたのは、本当に刃を外してしまうということだった。

刀を鞘から抜く。そこに刃がなかったら――。

さぞや相手は驚くことだろう。

それだけで気持ちのうえでは優位に立っている。

じっさいの武器は左手に隠し持った手裏剣にする。振り回す刃はめくらましで、相手がとまどう隙に手裏剣を放ち、深い傷を負わせる。

そのあとは、小刀のほうで止めを刺せばいいのだ。

これはかなり稽古をしてみた。

もともと道場では麒麟児《きりんじ》と呼ばれたほどである。手裏剣の腕も立つ。

この方法で、たいがいの相手に勝てる自信はついた。

ただ、これだと刀を抜いたときに刃がないというのが、いかにも間抜けな光景になってしまう。

下手したら相手は爆笑するのではないか。

もちろん笑っているあいだに手裏剣を放たれ、たちまち斬り伏せているのだが、しかし笑いはよくない。

たとえ一瞬でも、笑いものになるのは耐えられない。

秘剣として格落ちの感じがする。

さらに考える。

刃をできるだけ薄く、細くし、それですばやく斬るというのはどうだろう。

腕の劣る遣い手は、やたらと刃を打ちつけたがる。道場のつもりで剣をふるうからだ。

だが、真剣に慣れた者は剣などほとんど打ちつけない。一太刀か、二太刀で決着をつける。

それなら剣は薄く、細いものであって構わないはずなのだ。

ただ、相手の腕がたいしたことないとわかっている場合ならいい。もしも、相手の腕が立つなら、どうしたって剣を打ち合う羽目になる。

そのとき、薄く細い剣ではへし折られたり、曲がったりするだろう。

これはやはりまずい。

秘剣というのは腕の立つ者を破ってこそで、雑魚《ざこ》などいくら斬っても、子どもだましと揶揄《やゆ》されるだけである。

なにかいい方法はないものか。

ありとあらゆる方法を考えてみる。

敗れた相手が目を閉じる寸前に、

「剣が見えなかった……」

と、呼ぶような剣。

そのときこそ、自分の剣名は江戸、いや風雲渦巻く京の都でも轟《とどろ》き渡ることだろう。
前代未聞の秘剣〈透明の剣〉の遣い手として。

第一章　幽霊ぞくぞく

一

「なに、幽霊が出たって?」

南町奉行所の定町廻り同心・矢崎三五郎《やざきさんごろう》は、凄《すご》い勢いで歩いて来たが、ぴたりと足を止めた。そのため、後ろからついて来た見習い同心の徳川《とくがわ》——いや、福川《ふくがわ》竜之助《りゅうのすけ》は、矢崎にぶつかりそうになったが、

「おっとっとっと」

慌てて踏ん張った。

だが、さらにそのあとを来た岡っ引きの文治《ぶんじ》は、止まりそこねて転んでしまった。

ここは霊岸島箱崎町《れいがんじまはこざきちょう》二丁目にある番屋の前である。

町方の定町廻り同心が通ったので、町役人《ちょうやくにん》が慌てて声をかけたのだった。ずっと待っていたらしい。

「そうなんですよ」

と、五十過ぎの白髪の町役人が言った。

「時季を間違えてねえか？　まだ二月だぜ」

矢崎は町役人を見ず、空を見ながら言った。

春先の淡い陽が降り注いでいる。

「それは出るほうに言っていただかないと」

「どうせ、顔色の悪い女が歩いてたとか、その程度の話だろうよ」

「鎧兜《よろいかぶと》を着た幽霊です」

「鎧兜？」

「一間以上もあるような大きな幽霊で、こんな恰好《かっこう》で歩いたそうです」

町役人は肩を揺さぶるように、ゆったりと二、三歩あるいてみせた。

「ふうむ」

「それと、ご指摘のとおり、女の幽霊も出ました。たいした別嬪《べっぴん》で」

「幽霊の別嬪はあてにならねえ。女の幽霊は、別嬪に見えるものなんだ」

矢崎は真面目な顔で言った。

「それ、ほんとですか、矢崎さん？」

竜之助が思わず訊いた。

「ああ、色黒の女も幽霊になると色白になるから」

「なんだ」

矢崎の冗談らしい。

「それから、金色の猫のお化けも」

と、町役人は言った。

「猫のお化け？」

「これがいちばん怖かったという声もあるくらいです」

「三つ並んだのかい？」

「いえ、同じ町内の別々のところに。ですので、昨夜は町中の女子どもが怯《おび》えてしまって、一晩中明かりを消せなかったくらいでして」

「それで、町役人の旦那は、おいらたちにどうしろってんだ？」

矢崎はちょっと意地悪そうな顔で訊いた。

「本物かどうか、お調べいただけないかと」

「馬鹿たれ。そんなものは、祈禱師《きとうし》だの化け物退治屋だのに頼めよ。おいらたちの仕事じゃねえ」

「矢崎さま、ご冗談を。あんな連中はどいつもこいつもうさん臭いやつらばっかりですよ。頼んだって、礼金は高くなり、幽霊はさらに増えるだけです」

「あっはっは。そりゃそうだ」

　と、矢崎は笑い、

「だったら、出入りの岡っ引きあたりに頼め」

　そう言って、歩き出そうとする。

「矢崎さま、お忘れですか？　ここの岡っ引きは亀次郎《かめじろう》でしたよ」

「あ、そうか」

　箱崎町を縄張りにしていた岡っ引きの亀次郎は、先月、近くの質屋のあるじの浮気をネタに、ずいぶんな金を脅し取っていたことが発覚し、矢崎自身が十手を取り上げたのはもちろん、江戸所払いに処していたのだった。

「ですから、相談できる者もいなくなったありさまです」

「だからと言って、町方が幽霊なんぞ追っかけてる暇はねえ。あ、そうだ。そういうことは瓦版屋《かわらばん》あたりに相談しろ」

「瓦版屋ですかあ」

箱崎町の町役人はがっかりした顔をした。

「ばあか。瓦版屋ってのは、そういうくだらねえネタを毎日追っかけてるから、おれたちなんかよりずっと詳しいんだぜ。そいつらに話せば、本物か贋物《にせもの》かの区別だってつけてくれるかもしれねえぞ」

「そうなので？」

「おい、福川。お佐紀《さき》の家を教えてやれ。あいつも喜んで調べ始めるよ」

「はい」

矢崎は面倒を押しつけたつもりだろうが、それはいい考えかもしれない――と竜之助は思った。たしかにその手の話は瓦版屋が詳しいし、ましてお佐紀のような若い娘は、意外に怪談が好きだったりするのだ。

竜之助は、神田旅籠町《はたごちょう》にあるお佐紀の瓦版屋を教えた。

「お佐紀というと女の瓦版屋なんですか？」

町役人はやはり不服そうである。

「ああ、若い娘だが、たいそう知恵が回るのさ。それと、こう伝えてくれ。同心の福川が、またまたお佐紀ちゃんの謎解きに頼ってすまないと言ってたって」

この竜之助の言葉で、

「へえ。そんなに凄いんですか」

と、町役人も安心したらしかった。

二

竜之助が八丁堀の役宅に帰ると、中から黒猫の黒之助《くろのすけ》が出て来て、

「にゃあご」

と、挨拶した。

猫の言葉で、「お帰り」と言った気がする。

その黒之助を抱き上げながら、

「昨夜、霊岸島で猫のお化けが出たらしいぜ」

と、やよいに声をかけた。

やよいは、竜之助の刀や羽織を受け取ると、台所にもどって、晩ごはんの支度をしている。

「猫のお化けって、尻尾《しっぽ》が三つに裂けたやつですか？」

やよいが言ったのは、三つ又と呼ばれる猫の化け物である。歳を取り過ぎた猫がなると言われる。

「いや、違う。金色に光ってたんだと」

「まあ」

「怖そうかい？」

「ええ。でも、見てみたいです」

やっぱり若い娘は幽霊だのお化けだのが好きなのだ。

「すぐそこだよ。箱崎町」

「いつですか？」

「昨夜」

竜之助がそう言うと、やよいの目がきらりと光った。ご飯一膳食べるあいだに、行って帰って来られる距離である。たぶん、あとでそっと見に行くに違いない。

「しかも、猫だけじゃない。鎧兜の幽霊と、別嬪の幽霊も出た」

「三霊も？」

「三霊？」

幽霊はそういう数え方をするのだろうか。

「だって、幽霊を一人、二人って数えるのも変だし、一匹、二匹とかだと祟《たた》られそうじゃないですか。それで、一霊、二霊って数えることにしたんです」

「やよいが考えたのかい？」

「はい」

やよいは戯作《げさく》者みたいな才能がある。

「そりゃあたいしたもんだぜ」

と、竜之助は褒めた。

江戸は幽霊が多いから、その数え方はけっこう流行《はや》るかもしれない。

「さあ、召し上がってください」

夕飯のお膳を持って来た。

アジとカボチャとゴボウの天ぷら。小松菜のおひたし。ご飯と、豆腐の味噌汁には、生たまごが落としてある。

揚げたての天ぷらのうまいこと。

たちまち三膳おかわりし、

「食った、食った」

と、横になろうとしたところで、

「きゃあ」

悲鳴が聞こえた。どこかこの近所である。

「あら、出ましたか」

やよいは顔を輝かせ、いまにも飛び出しそうにした。

「おい、幽霊とは限らないぞ」

八丁堀は江戸でいちばん治安のいい町だが、それでもなにがあるかはわからない。猪が出てきて暴れているのかもしれないし、厠《かわや》で誰かが足を踏み外したのかもしれない。

「いいえ、いまのは幽霊を見たときの悲鳴です」

やよいは自信たっぷりに言った。

「そんなこと、わかるのか？」

「わかりますとも」

「どれどれ」

竜之助は外に出てみた。

やよいも後から付いて来て、外の音に耳を澄ました。

しばらく黙って立っていると、

「あ、また」

と、やよいは言った。

「え？　聞こえたか？」

「はい。さっきより遠くで、小さな女の子の声」

「へえ」

竜之助には聞こえなかった。だが、やよいは耳がいい。くノ一として鍛えられている。

一本だけ刀を差して、一回りしてみることにした。

やよいは築地《つきじ》のほうへ、竜之助はお城のほうへ向かった。方角で言うと、やよいは南西、竜之助は北西である。

ゆっくり歩いてみる。とくに大騒ぎになっているようすはない。

ただ、いつもより家々に明かりが多い気がする。

与力や同心の屋敷が途切れるところで、今度は左に曲がった。

しばらく進むと、どこかのご新造が外に出ていた。

近づいて行くと、

「おや、福川さま」

「ああ」

一瞬、誰のご新造だっけ、と思ったが、

「戸山甲兵衛《とやまこうべえ》の家内でございます」

と、名乗った。

「はい。いつもお世話になってます」

竜之助は丁寧に頭を下げた。変な人だがいちおう先輩である。

「いいえ、こちらこそ。あんな口先だけの男が、福川さまのお世話などできるわけありませんわ」

「いやいや、そんなことは」

ありますとは言えない。

「いまも、腰抜かしちゃいましてね」

「腰を？」

「幽霊が出たんですって。きれいな女の幽霊が目の前をすうーっと横切ったらしいんです。そしたら、あわわと叫んで、へなへなへな……」

そのようすの物真似までしてくれた。

「お化け、怖いんです、あの人」

「そりゃ怖いですよ」

「でも、子どもみたいに怯えるんですよ。それで、腰が抜けたままだから、いま、按摩《あんま》を呼んで来て揉《も》んでもらってるとこ」

「そうですか」

ちょっと見てみたい気もする。

「それで、あたしはあの人、いったいなにを見たんだろうって、一回りしていたところだったんです」

「なにかありました？」

「なんにも。たぶん、風に飛ぶ洗濯物でも見たんじゃないかしら」

そう言って、戸山のご新造は上品そうな笑い声を上げながら、家の中に入って行った。

戸山は幽霊も怖いかもしれないが、いちばん怖いのはこのご新造ではないだろうか。

竜之助はまた歩き出す。

竜之助も聞いた悲鳴は、戸山の家の声ではない。ここからはだいぶ距離があり、声が届くはずがない。

ということは、この界隈《かいわい》でいくつかの、いや、やよい式に言えばなん霊かの幽霊が出ていたに違いない。

さらに築地側のほうへ歩いて、与力や同心の屋敷が途切れるところで、やよいと出喰わした。

「どうだった、やよい？」

「ええ、とくに大きな騒ぎはなかったです。ただ、矢崎さまのお宅」

「うん、子沢山《こだくさん》の」

なにせ十一人の子持ちなのだ。そこには双子も二組入っている。

「その三番目のお嬢さまが、幽霊を見たんですって。それで、びっくりして悲鳴を上げたそうです」

「じゃあ、やよいが聞いたのは？」

「はい。矢崎さまの家の悲鳴だったようです」

「それで、なにかいたって？」

「とりあえず外は見たけど、誰もいなかったそうです」

「どんな幽霊だったんだ？」

「きれいな女の人の幽霊だったそうです」

「きれいな幽霊か」

戸山が見たのもそうだった。ということは、同じ幽霊なのか。

「竜之助さま。箱崎町に出た幽霊と関わりはあるのでしょうか？」

「うん、あるだろうな」

と、竜之助はうなずいた。

夏ならともかく、この時季、幽霊の話なんか聞いたことがない。それが、箱崎、八丁堀とすぐ近くで二晩つづけて出た。関係ないわけがない。

「同じ人間が悪戯《いたずら》して回ってるってことですね」

「うん。悪戯ならいいがな」

八丁堀で悪戯をするというのは、かなり大胆な行為である。ほかの町でするより捕まる可能性は高く、厳しいお仕置きだって待っているかもしれない。それでもやったということは、よほど能天気なやつなのか。あるいはもっと深刻な悪事の準備だったりするのか。

二人いっしょに役宅のほうへもどっている。やよいは三歩ほど後ろを歩いていたが、

「竜之助さま」

と、声をかけてきた。

「なんだ？」

「暖かくなりましたね。ほら、息もぜんぜん白くなりませんよ」

やよいは空に向かって息を吐いた。たしかになにも変わらない。つい二、三日前は、まだ吐く息は濁っていたような気がする。

「ああ、ほんとだな」

「もうすぐ花の咲く春が来ますよ」

やよいは嬉しそうに言った。

三

翌朝――。

南町奉行所に行くと、同心部屋ですぐに昨夜の幽霊騒ぎが話題になった。

「すると、出たのはおいらのとこと」

と、矢崎は周りを見た。

「おれの隣の、養生所の片岡《かたおか》のところで出たらしいぜ」

そう言ったのは、竜之助の役宅の近くに住んでいる隠密同心だった。

するとと、昨夜、竜之助が最初に聞いた悲鳴は、その片岡宅のものだったらしい。

「あとは？」

矢崎が訊ねると、同心ではほかに三人、ぜんぶで五人の家で見られたらしい。

なんと、吟味方《ぎんみかた》の戸山甲兵衛も見ているというので、詳しい話が聞けるかもしれない。

「戸山はいないのか？」

「それが、腰を痛めて、今日は休むらしい」

「腰を痛めたんじゃなくて、腰を抜かしたんだろうが」

「そう言うと怒るらしいが、妻女はそうだと言っていた」

これには一同、大笑いとなった。

「出たのはどこも女の幽霊か？」

「片岡の家内が見たのはそうらしい」

「たいそうきれいな女だったとか」

「まあ、女の幽霊はきれいに見えるからな」

と、矢崎は昨日と同じ冗談を言いかけたが、途中でやめにした。

「そうだ、与力の高田《たかだ》さまのところも出たらしいぜ」

本所深川廻りの同心が言った。

「高田さまがね」

矢崎は嫌な顔をした。

「高田さま、閻魔帳《えんまちょう》に書いたかね」

「そりゃあ書くさ。あの人は閻魔帳書くために生きてるんだから」

「誰か訊いて来いよ」

「勘弁してくれよ」

高田九右衛門《きゅうえもん》はその閻魔帳のせいで、皆に嫌われている。

「高田さまに可愛がられてるのは福川だ。福川、訊いて来い」

矢崎はそう言った。

「可愛がられてなんかいませんよ」

とは言ったが、やけに気安い感じで話しかけてくるのは事実である。あれはおそらく、竜之助がまだ見習いということもあるのではないか。

「いいから行って来い」

と、矢崎が顎《あご》をしゃくったとき、

「同心部屋、騒がしいな」

なんと当の高田が現われた。手にはしっかり例の閻魔帳を持っている。

「あ、いや、昨夜、八丁堀のあちこちに幽霊が出現しまして」

「ああ、知っている。それで、どこに出たんだ？」

と、高田はさっそく筆を構えた。

「はい、おいらのところと、吟味方の戸山甲兵衛のところ、それに養生所の片岡に、高積み見廻りの安田《やすだ》、隠密廻りの安藤《あんどう》、ほかにも与力のどなたかのところに出たと聞いてますが……」

「ふうむ。こうやって見ると、どうも矢崎といい、戸山といい、だいたい点数の足りない者のところに出ているような気がするな」

高田がそう言うと、

「でも、高田さまのところにも出たんでしょう？」

と、竜之助が訊いた。

周囲の同心たちは、よくそんなこと訊けるなという顔をした。

「え、わしのところ？　違う。隣の家に出て、わしのところは通り過ぎただけだ」

「では、幽霊はご覧になっていないので？」

「いや、見た。ただ、女が急に催して厠でも探しているのかと思ったのさ」

「厠を探して……ぷっ」

竜之助は思わず噴いてしまった。

「なにがおかしい」

「怖くはなかったんですか？」

「厠ですか、と声をかけたのに、すうっと暗闇に消えたので、おかしいなとは思ったけどな。そしたら、隣の矢部《やべ》の家が、いま、そこに幽霊がいましたとか騒いだのだ」

「声までかけたんですか？」

「そりゃ幽霊だとわかってたらかけんさ」

「やはり美人でしたか？」

「うむ。だから幽霊だと思わなかったのかもな」

「え、美人だと幽霊とは思わないのですか？」

「そりゃそうだろう。思わず見とれてしまうもの」

「はあ」

どうも高田の言うことはおかしい。

「それに、あんまり幽霊らしくはなかったんだ。頬などはふっくらして、化粧こそいくらか青白くしていたが、健康そうだったしな」

「よくご覧になってましたね」

幽霊の頬や化粧まで見る人はなかなかいないのではないか。

「ま、幽霊のことなどどうでもよい。さっさと仕事にかかるようにな」

高田はそう言っていなくなった。

「驚いたな。鈍い人は、幽霊を見ても、厠を探す女に見えるんだ」

矢崎がそう言うと、ほかの同心たちはどっと笑った。竜之助も笑ってしまう。

「でも、うちの女房は怖がってしまって、一晩中明かりをつけてたぜ」

と、高積み見回りの安田が言った。

「うちもそうだよ。しばらくは子どもがきゃあきゃあ言うだろうな」

矢崎もうんざりした顔で言った。

「でも、矢崎さん、八丁堀でさえそんなに怖がるのだから、箱崎町の町人たちもずいぶん怖がったんじゃないですか。なにせ、女の幽霊だけでなく、鎧兜の大きな武者や金の猫まで出たんですから」

竜之助がそう言うと、それを初めて聞いた同心たちは、

「なんだ、箱崎町にも出たのか」

と、驚いた顔をした。

「そうだな。箱崎町の騒ぎも調べないわけにはいかねえか」

矢崎はうなずき、

「じゃあ、こういうわけのわからねえ調べは……」

そこで同心たちは、いっせいに竜之助を見た。

四

竜之助は、今日は矢崎には付き添わず、一人で箱崎町にやって来た。文治は矢崎に付いて行っている。

いい天気である。

矢崎は、今日は湯島から本郷界隈を回ると言っていたので、さぞや気持ちのいい道のりになるだろう。

だが、この調べは竜之助が自分で言い出したのだから仕方がない。

箱崎町は、縦に長い三角のかたちの霊岸島の、尖《とが》ったほうにある町である。尖

ったところの先端一帯およそ一万三千坪は、田安《たやす》徳川家の下屋敷の一つになっていた。

箱崎町の番屋は、その田安家の門の近くだった。

竜之助は、田安家の者と会ったりしないよう、顔をそむけるようにして歩き、すばやく番屋に入った。

「あれ、昨日の同心さま」

と言ったのは、昨日声をかけてきた町役人である。

「うん。じつは、たぶん箱崎町の人たちも怖がっているだろうから、やっぱりよく調べて安心させてやれってことになったんだよ」

竜之助はそう言ったあと、

——もしかして、これが目的で八丁堀の幽霊が？

と、ちらりと思った。

「それは、それは。でも、昨日教えられた瓦版屋のお佐紀さん」

「うん、もう行ったのかい？」

「さっそく行きました。それで、今朝早くにやって来て、いま話を訊いて回ってますよ」

「あいかわらず動きが早いねえ」

「でも、町方が動くのでしたら、調べのお邪魔になるのでは？」

「そんなことないよ」

竜之助は、三霊の幽霊が出た場所を教えてもらうと、そちらに向かった。町役人も来ると言ったが、とりあえず最初は一人で回るからと断わった。

こういうおしゃべりな町役人がいっしょにいると、わきから話を誘導したりして、微妙に真実と違う話になったりするのだ。

最初に鎧兜の幽霊が出たという二丁目の川沿いの道に来た。

すると、お佐紀がその前の路地から出て来たところだった。

「お佐紀ちゃん」

と、竜之助が声をかけると、

「まあ、福川さま。町回りの途中ですか？」

お佐紀の顔が輝いた。

帳面と筆を持っている。ちらりと帳面をのぞくと、すでにびっしり文字が書き込まれている。

竜之助も覚え書きをつくることは多いが、そういうときは鉛筆を使う。筆よりずっと早く書けるのだ。

「いや、ここらに出た幽霊を調べるように言われたのさ」

「あれ？　町方は調べないって聞きましたよ」

「それが、昨夜八丁堀でも幽霊騒ぎがあったんだよ」

「八丁堀で？」

「うん。それで、身内の者が怯えるのを見て、こっちも調べないと可哀そうってことになってさ」

「そうなんですか」

お佐紀は、筆を動かした。「八丁堀でも幽霊騒ぎ」と書いた。

「いっしょに訊いて回るかい、お佐紀ちゃん？」

と、竜之助は訊いた。

「それだと、同じ話しか訊けませんよ」

さすがによくわかっている。こういうものは、角度を変えて見ることが大事なのだが、いっしょに訊いて回ったら、結局、同じ角度で見てしまいがちなのである。

「そうだな。だったら、別々に訊いて回って、あとでどういう見方をしたか話し合うことにしようか」

「ぜひ、お願いします」

　ということで、先に聞き終えたほうが、番屋で待つことにした。

　さて、鎧兜の幽霊だが、見かけたのは、この近所の子どもが四、五人と、手習いの女師匠だった。子どもは生徒たちで、一昨日は師匠が家で得意の鍋料理をごちそうし、見送りのため外へ出てきたところだったらしい。

　さっきお佐紀が話を聞いていたのも、その女師匠だったようだ。

「ごめんよ」

　と、竜之助はその手習いの女師匠を訪ねた。

「あ、はい」

　いまも手習いの最中だった。

　子どもが五人ほど、お習字をしている。生徒は皆、七、八歳で、四人が女の子、男の子が一人だけ交じっていた。

「おっと手習いの最中に悪かったな。じつは、一昨日の幽霊騒ぎのことなんだ」

　竜之助がそう言うと、子どものなかから、

「うおっ、お役人が来てくれたぞ」

「よかった。これで安心だ」

などという声が聞こえた。

子どもたちも頼りにしてくれる。こんなやりがいのある仕事がほかにあるだろうか。

「手習いが終わってからにしようか？」

竜之助が訊くと、

「いいえ。こういうできごとにどう関わっていくか、子どもたちも学べると思います。ぜひ、子どもたちの前で訊いてください。いま来ていたのは、瓦版屋さんだったのですが、子どもたちの発言を書かれたりするとまずいことが起きないとも限らないので、わたしだけ相手をしたのですが」

と、言った。もう五十くらいだろうか。いかにも世慣れた、しかも子どもたちへの愛情が感じられる言葉だった。

「ここの路地で見たわけじゃないよな？」

女師匠が答える前に、

「違う。そこの通りに出たところで見たのさ。同心さま、来て」

子どもたちが飛び出した。

「そうだよ。おいらたちがここに出て来たとき、そいつはあのあたりにいたんだ」

「こっちだよ。ここんとこ」

一人がそっちに駆けた。

柳の大木の近くである。

「ここで、じいっとこっちを見てたんだ。こぉーんな大きいやつ」

と、手を伸ばした。

「そう。大きかったです。同心さまも上背がありますが、さらに一尺以上あったかもしれません」

女師匠が言った。

「ほう」

竜之助より一尺以上も高かったら、七尺近い大男になる。

江戸広しと言えど、そんな大男は見たことがない。相撲取りにもいないはずである。

だとすると、やはり本物の幽霊だったのか。

「鎧兜をつけていたんだって？」

「はい。それで、兜の下の顔がよく見えなくて、それも怖かったんだよね」

女師匠は、竜之助と子どもたちの両方に言った。

「それで、その幽霊はこっちを見ていて、それからどうしたんだい？」

と、竜之助は訊いた。

「くるっと後ろを向いて歩き出したんだよ」

「あのね、こんなふうに歩いたんだよ」

女の子が歩き方を真似してくれた。

手は動かさず、頭を左右に揺さぶり、ゆっくり歩いて行ったらしい。

「それから柳の木の下まで行って、すうっと消えたんだよ」

「消えたのかい？　ほんとに？」

竜之助が訊くと、

「そうなんです。暗かったから、そんなにはっきり見えたわけじゃありませんが、川の上のほうまで行くと、すうっといなくなったのです」

「川の上のほうまで？」

「はい」

竜之助は、その柳の木のところに行ってみた。

柳のところまでは川っぷちになっていて、その先から人家が立ち並んでいる。家は川ぎりぎりのところに建っていた。

川っぷちを通れないこともないが、だが、その幽霊は川の上のほうまで歩いていなくなったのだという。

もちろん川に橋などは架かっていない。つまり、川の上まで歩いて行けるわけがない。

「ふうん」

なるほど奇妙な話だった。

五

次に美人の幽霊のことを訊きに行った。

美人の幽霊は、もっと一丁目寄り、通りから入って、長屋の路地を入ったところに現われたらしい。

見たのは、この長屋に住む大工の兵八《へいはち》という男と、左官の正次《しょうじ》の二人。

いまどきは仕事に出ているかと思ったら、二人とも長屋にいた。

どうやら、

「幽霊なんか見ると、ろくなことがなさそうなので、今日一日は仕事を休むことにした」

のだという。

二人いっしょに話を訊くことにした。

「あっしらが二人で酒を飲んで帰って来ますと、その井戸のところに女がいたんです」

と、大工の兵八が井戸を指差した。

「こんなふうに手をだらりとさせてね」

左官の正次が言った。

「それじゃあ、いかにも幽霊じゃねえか」

と、竜之助は言った。

「そうなんです。いかにも幽霊だったんです」

「ええ。あれは誰が見ても幽霊でした」

「それで？」

「幽霊は、あっしらを見ると、こうにたりと笑いましてね」

「すすっとすこし歩きました」

「夜鳴きそば屋をやっている圭太《けいた》の家なんですが、そこにすうっと入ったんです」

「それから、そこの家」

「そこに？」

「ええ。あっしらは驚きましてね」

「圭太はなかにいたのかい？」

「いや、出かけてましたよ」

「それで、万が一、幽霊じゃなく、あいつと関わりのある女だったらどうしようと思って、しばらくして声をかけたんです。ごめんよって」

「返事はなかったんです」

「それでも怖くてなかなか戸をあけられませんでした」

「でも、勇気を出しましてね」

「がらっと開けるってえと」

「なかは空」

「誰もいない」

二人は掛け合いみたいに話した。

「もう、怖くなって、てめえの家に飛び込みました」

「あっしも怖いので、いっしょに兵八の家に」

「これがあっしらが見た幽霊です」

と、兵八は話をまとめた。

「人が化けてるふうには見えなかったかい？」

「いやあ、一目見て幽霊と思いました」

「なんか影が薄かったんです」

「しかも、ここらにあんな顔した美人はいませんよ」

「うん。この長屋にも美人はいますが、もっと細面《ほそおもて》でね。もうまったく顔が違いました」

「ふうん。美人がいるのかい？」

「ええ、いちばんそっちの部屋で、芸者をしている蝶丸姐《ちょうまるねえ》さん」

「ほう」

なんとなく気になる。

細面というが、口に含み綿をしたりして、丸顔に見せることはできるのではないか。丸顔が細面になるよりはかんたんな気がする。

二人に着物や履物のことなど訊いても、

「着物の柄なんざ見てる余裕はありませんよ」

「履物？　足なんかありましたっけ？」

と、まるではっきりしない。

いちおう、芸者の蝶丸姐さんの話も訊いておくことにして、

「ごめんよ」

声をかけると、

「はい」

きれいな声で返事があった。

遠慮しながら戸を開けると、

「まあ、南の福川さま」

と、竜之助を知っていたらしい。

「え？」

竜之助のほうは見覚えがない。だいいち、見習い同心の分際で芸者遊びなどできるわけがない。

「だって、日本橋の芸者衆のあいだじゃ評判ですもの。南の福川さまだったら、

ほんとに牢屋に入れられるのは嫌だけど、ちょっとした誤解で縛られてみたいって、そんなこと言ってる妓《こ》までいますよ」

「おい、冗談はやめてくれよ」

芸者衆は口がうまい。お世辞など本気にするなよと、つねづね矢崎から注意を受けているのだ。

「じつは、この長屋に出た幽霊のことを調べていてね」

「出たらしいですね。聞きましたよ」

「それで、幽霊はたいそう美人だったらしい。しかも、この長屋にも美人がいるっていうので、もしかしたらとのぞかせてもらったわけさ」

「まあ、嬉しい。それで、あたしが化けたんじゃないかって？」

「まあ、おいらたちはいろんなことを想定しなくちゃならないんでね」

「一昨日の晩ですよね？」

「そうだよ」

「何刻《なんどき》ごろです？」

「まだ宵の口、五つ（午後八時）くらいだったらしいね」

鎧兜の幽霊はもうすこし早かった。こっちのほうが四半刻（三十分）ほど遅くなっていたらしい。

「お生憎《あいにく》さまですこと。その晩は日本橋の〈百川《ももかわ》〉でお座敷があって。もどったのも皆に訊いてもらってかまいませんよ」

蝶丸がそう言ったとき、部屋の隅で、

「にゃあお」

と、猫が鳴いた。

「おや、猫を飼ってるのかい?」

のそのそ姿を現した。きれいな白猫である。

「ええ。しろこっていいます。そういや、猫の幽霊も出たらしいですね」

「そうなんだよ」

金色の猫がきらきら身体を光らせながら走り、通りの向こう、関宿藩《せきやど》の中屋敷に、長屋塀の出っぱりなどを伝い、なかへと消えてしまった。

「金色の猫だぜ」

と、言いながら、しろこを抱き寄せ、メッキを探った。そんなものはかけらも見当たらない。

「金色の猫が走っていたら怖いでしょうね」

「まあな。でも、茶色い猫が光の加減で金に見えるってことはないかね」

「茶色を金色には間違えませんよ」

「だよな」

「ただ、ここらは野良猫も多いんです」

「そうなのかい？」

「久世《くぜ》さまのお屋敷には、野良猫が棲《す》みついて、何匹もいるみたいです」

久世さまというのは、関宿藩のことである。

「へえ」

「でも、野良猫に金の衣装をほどこしてもねえ」

「なんの役にも立たねえわな」

金の猫にするには金もかかるだろう。酒落《しゃれ》や冗談ではできないのだ。

六

ほかに金の猫のことを訊いたが、たいした目撃談はなく、お佐紀と約束した番屋にもどって来た。

「どうだったい、お佐紀ちゃん」

「ええ。三人というか、なんというか」

「幽霊は、一霊、二霊で数えるといいらしいぜ」

と、竜之助はやよいの案を教えた。

「なるほど。三霊の幽霊の話を聞きましたが、あたしは本物だと思いました」

「本物かい！」

「だって、人の仕掛けではやれないことばかりですよ。鎧兜の幽霊は川の上を歩いたし、美人の幽霊は留守中の家に消えたんです。しかも、金色の猫なんて、金粉をいっぱい塗ったりしないと無理です。そんなこと冗談でやる人はいません。つまり、これらはどれも本物の幽霊ってことになるでしょ？」

「ふうん。お佐紀ちゃんて、もともと幽霊は信じてたっけ？」

「それは信じますよ。信じないほうが変でしょう」

と、確信ありげに言った。

「なるほどな」

「福川さまは信じないのですか？」

「いや、まだわからねえなと思ってるよ」

もちろんぜったい本物ではないと言い切るつもりはない。

「もともとこのあたりは、霊岸島というくらいで、霊が残りやすい土地だったんじゃないでしょうか？」

と、お佐紀は言った。

「いや、お佐紀ちゃん、それは違うぜ。明暦《めいれき》の大火があるまで、ここには、いまは深川の海辺新田《うみべしんでん》に移った霊巌寺があったんだ。それで、霊巌島と呼ばれるようになったんだよ。いま、岸という字を当てているが、もとは霊巌島なんだ」

竜之助は、ここの中屋敷にいたこともあるので、そのとき用人の支倉《はせくら》から聞いていたのだった。

「でも、霊巌島に建てられたから、霊巌寺になったんでしょ」

「それも違う。霊巌上人という僧侶がつくったので、霊巌寺になったらしいぜ」

「そうなんですか」

「でも、もともとはこんなに大きな島ではなく、一面の葦《あし》の原だったらしい」

「へえ」

「それをどんどん埋め立てて、こんな大きい島になったんだ」

「ふうん。あたしはなんか、強い霊気を感じるんですけど」

「まあ、寺があったくらいだから、墓もあっただろうしな」

「そうですよ」

と、お佐紀はうなずいた。

「しかも、明暦の大火のときは、ここでずいぶん大勢の人が亡くなったらしいぜ」

「まあ。だったら、幽霊が出てもまったくおかしくないですよ」

「それで理屈がつくかい？」

「一つずつの幽霊の正体はまだよくわかりませんが、背後になにかあると思います」

「おいらも、鎧兜の武者や、別嬪、そして金の猫にはなにか意味はあるんだと思う」

お佐紀とはたぶん意味が違う。竜之助のは、幽霊が出るという意味ではない。

「ですよね」

「もっと調べてみるが、お佐紀ちゃんもなにかわかったら教えておくれ」

「いいですよ」

ということで、今日はここで別れることにした。

お佐紀はさっそくこの話を瓦版に書くとのことだった。

七

竜之助は南町奉行所にもどった。

すると、矢崎が嬉しそうにしている。

「なんかいいことがありましたか？」

と、竜之助は訊いた。

「戸山甲兵衛」

「はい」

「あいつ、吟味方から定町廻りに移りたいって騒いでいたろうが」

「ええ」

ずいぶん与力たちにも熱心に運動していたらしかった。

「諦めたってさ」

「そうなんですか」

「町回りをやると、お化けに出くわすこともあると気づいたらしい。あいつ、お化けが死ぬほど駄目らしい」

「へえ」

「というわけで、職場の心配はひとつ消えた。これで、高田さまが隠居でもしてくれたら言うことなしなんだがなあ」

矢崎はさっぱりした顔で言った。

今宵はとくになにもなく、矢崎は宿直《とのい》だというので、早めに帰ることにした。

だが、その晩——。

そろそろ、べらんめえ口調の稽古をして寝ようかと思ったとき、

「おい、福川」

と、戸を叩く者がいる。

聞き覚えのある声である。

すぐにやよいが玄関へ飛んで行き、

「竜之助さま。矢崎さまが」

「やっぱり矢崎さんか」

と、玄関口へ出た。

「おう、福川、すぐ、来てくれ」

矢崎は今晩、宿直だった。なにか、大変なことが起きたらしい。

「わかりました」

夜中だがさすがに寝巻はまずい。急いで着物に羽織、おっとり刀で飛び出した。

「どうしたんです？」

「殺しだ」

「辻斬りですか？」

「いや」

「押し込み？」

「女の遺体が、早桶《はやおけ》に入れられたまま、置き去りにされていた」

「それって」

「病死じゃねえ。胸を一突きされていた」

だったら殺しに間違いない。

それにしても、わざわざ早桶に入れて置き去りというのはどういうことか。

竜之助の役宅を出て、河岸を左に行くと、すぐに霊岸橋。これを渡って一町ほどのところにある湊《みなと》橋も渡る。

この道筋だと、新大橋を渡って本所深川に入るか、それとも大川沿いにさかのぼって浅草あたりまで行くのか。

「そこを入ったところだ」

と、矢崎は行った。

「え？」

昼間さんざん歩き回った、美人の幽霊が出た長屋である。

「この長屋の前に置かれてあったのさ」

「なんと」

路地を入ると人だかりがあった。

なるほど、長屋の真ん中に早桶が置かれている。昼間来たときは、こんなものはなかった。

「どれどれ」

先に矢崎がのぞき込んだ。

「なんてこった！」

矢崎が声を上げるわきから竜之助も見て、

「これは……」

唖然《あぜん》となった。

若い女だった。

それがざんばら髪、胸に血、そして一糸まとわぬ素っ裸だった。

第二章　殺しの予言か

一

早桶の周りには、四人の男たちがいたが、皆、番屋に出入りする者たちだった。町役人が二人に、番太郎、それとこの近くの北新堀町《きたしんぼりちょう》の番屋から、番太郎が一人、応援に来たとのことだった。

「長屋の住人は？」

と、矢崎が訊くと、

「何人かは、どうしたんだと起きてきましたが、ぜんぶ町方のお役人が来てからにしようと思って、なかにいるように言ってあります」

昨日、怪談の相談をした町役人が答えた。

「そりゃあいい判断だったぜ」

矢崎は満足げにうなずき、

「おい、福川。まずはここの住人を並べろ」

と、命じた。

「はい」

竜之助は一軒ずつ、

「すまんが、外に出てくれ」

と、声をかけていく。

そのころになってようやく、奉行所の中間《ちゆうげん》三人も駆けつけて来た。韋駄天《いだてん》で鳴る矢崎が、奉行所から駆けたため、やっと追いついたのだろう。

「おめえらは、ここらに怪しいのがいねえか、一回りして来てくれ」

矢崎が命じた。

「わかりました」

と、来たばかりの三人は、ふたたび路地を出て行った。

「これで全員です」

竜之助が矢崎に言った。

この長屋は、路地を挟んで二棟。一棟に四世帯ずつ入っている。空き家が一軒あり、出かけていて留守になっているのが一軒あったが、夫婦者もいたりして、八人が早桶の周りに立った。

いちばん奥の家から出て来た蝶丸を見て、

「なんだ、蝶丸姐《ねえ》さんじゃねえか」

と、矢崎は言った。

「あら、矢崎さま」

二人は顔見知りだったらしい。

また、近くに住む大家の吉兵衛《きちべえ》も、町役人に呼ばれてやって来た。

「この遺体を最初に見つけたのは、誰なんだ?」

矢崎が訊くと、後ろにいた番太郎が、

「それは、たまたま長屋に来ていたらしい日本橋南通一丁目の〈きのえ屋〉という瀬戸物問屋の若旦那でした」

「いねえのか?」

「ええ。もうすっかり怖《こわ》がっちまって、あっしに死体が入った早桶があることを告げると、さっさと逃げ帰ってしまいました」

「なんで名前と家を知ってるんだ？」

「それは、早桶があると言って来たとき、あんたは？　と訊いたら名乗ったんです」

「なるほど。それだと嘘ではなさそうだ」

「ああ、嘘をつくようなやつじゃなかったです」

矢崎はその件は後回しにしようと思ったらしく、

「誰かがここに早桶を置いて行ったんだ。もちろん一人じゃできねえ。少なくとも二人か四人かで担いで来た。そういう人の気配は感じなかったか？」

と、長屋の連中に訊いた。

竜之助はわきで、八人の反応を見つめた。もしかしたらこのなかに、運んで来た者がいないとも限らない。

「さあ」

皆、首をかしげ、互いを見るばかりである。

「寝入ってましたので」

「朝が早いですから」

と、怪しい者を見たという住人は誰もいない。

「じゃあ、夜はともかく、昼間のうちに、怪しいやつは見なかったか?」

矢崎がさらに訊くと、

「そういえば、見たことないお侍が、そこの路地の前をうろうろしていました」

と、夫婦者のおかみさんが言った。

「いつごろだ?」

「昼過ぎですね。夕方にはなってなかったと思います」

このあたりは、風向きが逆だと石町《こくちょう》の鐘もあまり聞こえない。まして、長屋のおかみさんなどは、細かい刻限などはあまり気にしない。

「浪人ふうか?」

「いいえ、ちゃんとした身なりのお侍でしたよ」

「一人?」

「だったと思います」

あまりはっきりしない話である。

「じゃあ、ちっと顔を見てやってくれ」

そう言って、矢崎は俯《うつむ》いている遺体の顔を仰向きにさせた。

皆、恐々《こわごわ》、早桶のなかをのぞき込む。

「裸ですね」

若い男がにやりとした。

「おい、嬉しそうな顔すると、バチが当たるぞ」

「あ、ほんとだ」

慌てて笑いを引っ込めた。

「どうだ？」

「いやあ、見たことない女ですねえ」

「あたしも」

「おいらも」

と、皆、首をかしげるばかりである。

「美人だよな」

矢崎は記憶の糸をたどる手助けをするように言った。

たしかに、鼻筋が通って、目こそつむっているので開けたときの感じはわからないが、整った顔立ちである。

着物や髪型がわからないので、身分を探るのは難しい。

お歯黒《はぐろ》をしていないので、独り身であるのは間違いない。

「そうですが」

「美人ねえ」

やはりぴんと来る女はいないらしい。

「一昨日の晩、ここに幽霊が出たよな。似てねえかい？」

と、竜之助が昼のうちに話を聞いた兵八と正次に訊いた。

「幽霊と？」

兵八がびっくりした顔をした。

「幽霊と関わりがあるんですか？」

正次が訊いた。

「それはわからねえが、いちおう同じ長屋のできごとだから、関わりがないとも限らねえだろ」

と、竜之助は答えた。

「いやあ、あの幽霊はかなり化粧が濃かったですからね」

「こんな清楚《せいそ》な感じじゃなかったですよ」

「それに幽霊はもっと丸顔じゃなかったか？」

「うん。上背も高かったよな」

兵八と正次は答えた。

「だが、この女が濃い化粧をした顔を想像したら？」

「ううん、そうかもしれませんが」

「自信はありません」

たしかに女は化粧でずいぶん変わる。決めつけるのは危険である。

「この女が一昨日の幽霊だったとすると、すでに殺されていて、幽霊になって出たということも考えられるが」

と、矢崎は言った。

「それはないでしょう」

竜之助は反対した。

「なんでねえんだ？」

矢崎は気を悪くしたらしい。

「一昨日のが本物の幽霊で、どこかで殺されていたのが、わざわざ幽霊の出たところに置きに来るんですか？」

「だから、そこにはまだわからねえ、この長屋にまつわる因縁があるんだよ」

「因縁？」

「もしかしたら、この長屋の誰かとできていて、お嫁に来たいと思ってたかもしれねえだろうが」

「なるほど」

矢崎にしては、ずいぶん艶《つや》っぽいことを考えたものである。だが、そうだとすると、鎧兜の武者と、金色の猫はなんなのか。

と、そこへ、検死役の同心が駆けつけて来た。

「おう、すまねえ。手間取ってしまった」

検死役を務めるのは、町回りを経験した古株で、この人もそうである。晩酌をしてぐっすり寝入っていたところを起こされてしまったのだろう、酒の臭いがぷんぷんした。

いったん遺体を早桶から出し、茣蓙《ござ》の上に寝かせてから調べる。そのあいだ、長屋の連中は遠ざけた。

肌の感じや痣《あざ》の出方をじっくり見て、さらにところどころを押したり揉《も》んだりして、硬さ柔らかさを確かめているらしい。

詳しく調べたあと、近くにいた奉行所の中間に、

「もう一度、早桶に入れる前に、帷子《かたびら》を着せてやれ」

と命じ、

「胸を深く刺されて、それが致命傷だ。殺されたのはそれほど前じゃねえ。たぶん、今日の夕方くらいじゃねえかな」

矢崎にそう言った。

「夕方？」

とすれば、一昨日の幽霊がこの女の幽霊のわけがない。

矢崎はむっとして、

「まったく、おめえが幽霊の件を早く解決しねえからだ」

と、竜之助をなじった。

とんだとばっちりである。

「なんとか早めに解決するようにします」

竜之助がそう言うと、

「ばあか。殺しが起きちまったんだ。もう、幽霊のことなんかどうでもいい。こっちを手伝え」

「わかりました」

「とりあえず、遺体は番屋に入れてくれ。それと、この長屋の空き家だがな」

と、矢崎は大家に言った。

「はい」

「この男を一晩泊めてもらえねえか。いちおう、なにが起きるかわからねえだろ」

矢崎が竜之助を指差してそう言うと、

「そりゃあ、あっしらも安心です。よろしくお願いします」

大家は竜之助に頭を下げた。

二

翌日――。

やよいには、中間に頼んで、

「箱崎町二丁目の吉兵衛長屋に泊まり込むことになった。朝飯を頼む」

と伝言してもらったので、さっそくやよいがやって来た。

「お寒くはなかったですか？」

「うん。大家が寝巻を貸してくれたのでな」

そうは言ったが、じつは寒かった。昼は暖かくても、夜はまだ冷え込むのだ。

もっとも、夜はほとんど寝ていない。下手人が現場をのぞきに来るのはよくあることなので、竜之助は台所の窓の障子に穴を開け、一晩中、路地の出入りを見張りつづけたのだ。結局、誰も来ず、東の空が明るくなりかけたころ、ようやくすこしだけ寝たのだった。

やよいはそういったことも察していたらしく、竹筒二本に熱いお茶と、熱い湯を入れてきた。湯のほうは、椀に豆腐とネギと味噌を入れ、その湯で即席の味噌汁をつくるためのものだった。

「うまい」

お茶と味噌汁で、冷え切った身体はたちまち温まっていった。

しかも箱に詰めてきた弁当のうまいこと。卵焼き、かぼちゃの煮物、昆布《こんぶ》の佃煮《つくだに》にタクアンというおかずは、素晴らしいごちそうに思えた。

「竜之助さま。お顔を洗ったらお着替えも」

なんと着替えまで持って来てくれた。

「なんだか、あんたとここに引っ越してきたくなっちまう」

竜之助が冗談めかしてそう言うと、

「まあ嬉しい」

「いやいや、それは駄目だ」

慌てて否定した。

それはつまり、同心の身分も捨てて、やよいといっしょになるということである。

やっとかなえた町方同心になるという夢。それを捨てるのは死ぬほどつらい。だったら、同心をしながらやよいを嫁にすればいい——そう囁《ささや》く心の声もあるのだが、そんなことをしたら竜之助の身体はとろとろになって、同心の仕事などできなくなるのも明らかなのだ。

なにせ、このやよいの色っぽいことと言ったら！

いまも、やよいの首のあたりの白さや、尻のあたりの丸みやらが、目に焼きつく感じになってしまう。

「餅が食べたい……」

竜之助は上の空の調子で言った。

「え、いま、なにか？」

「いやいや、なんでもねえ。やよい。おいらはもう仕事にかからなくちゃならねえ。早く帰ってくれ」

無理してやよいを追い返した。

本当なら、飯のあと軽く横になり、やよいといっしょに長屋の朝の気分を満喫したいところである。

井戸端で挨拶をかわす声。七輪《しちりん》を外に出し、朝飯用のめざしを焼く匂い。「お前さん、しっかり働いてくるんだよ」「わかってらあ」といったやりとり。

それらは、百坪以上の屋敷をもらって、できるだけ静かに暮らす八丁堀では、やはり味わえない朝の気配なのだった。

三

「おう、福川、起きてるか？」

矢崎も早々と長屋にやって来た。

ほかに、神田旅籠町から呼んだらしい岡っ引きの文治や、奉行所の中間が四人ほどいっしょである。

「もちろんですよ」

竜之助はすでに足跡を探ったりしていたのだ。ただ、怪しい足跡はまったく見つからなかったのだが。

「昨夜は誰も怪しいやつは来なかったか？」

「ええ。誰も」

「じゃあ、今日はまず、仏の身元を突き止めねえとな」

「そうですね」

とは言ったが、かなり難しそうである。

しかも早桶に入れて、遠くから持って来ていたりしたら、まず特定するのは難しいだろう。

「福川。おめえ、もういっぺん仏をじっくり見て、身元がわかりそうなところを見つけておいてくれ」

「わかりました」

「それには、昨夜、早桶を運んでいたやつを見かけなかったか、じっくり聞き込みをつづけることが大事だ」

矢崎は文治を見て言った。

「へい」

文治はさっそく聞き込みに出かけた。

「矢崎さん。昨夜、早桶のなかの遺体を最初に見つけた男の話を聞いていませんよ」

と、竜之助が言った。

「あ、そうか」

「詳しい話を訊きたいですねえ」

「うむ。わかった。向こうから来させたほうがいいな」

そう言って、矢崎は中間に呼んで来るよう命じた。

竜之助は番屋に行き、帷子を着せられて納まっている早桶のなかの遺体を見た。だいぶ暖かくなってきたので、今日中には茶毘《だび》に付してしまうという。

「嫌な仕事だろうが、遺体をいっぱい見るのも見習いの仕事だ」

と、矢崎は言った。

「はい」

「おいらなんざ、見習いのときは遺体と聞くと駆けつけたものだった。一度は、死体だと言われて見ていたら、動き出してひっくり返ったこともある」

矢崎はそう言うと、思い出したらしく、ひとしきり笑った。

じっくり見ていく。

髪は長く、結ったあとはある。が、どんなかたちに結っていたかまではわからない。

皺《しわ》などはほとんどない。まだ若かっただろう。

手も見る。水仕事で荒れたようすもない。いいところのお嬢さまだったか。姫と呼ばれるような人だったのか。

――ん？

脇の下あたり。細い糸屑《いとくず》のようなものがついていた。

「矢崎さん、これは？」

番太郎に出してもらった茶を飲み、饅頭《まんじゅう》を食べていた矢崎を呼んだ。

「どうした？」

「これは、こっちに来てからついたものじゃありませんよね」

「どれどれ」

竜之助がそう言うと、番太郎も見に来て、

「あ、それは昨夜、帷子を着せるときもついてました。取らずにおいてよかったです」

と、言った。

そっと剝《は》がし、明るいほうに透かした。

「藻《も》みたいですね」

と、竜之助は言った。

「ああ、藻だな。裸にするとき、川につけて、洗ったのかもしれぬな」

「いや、川では見られる怖れがありますよ」

「池か？」

「たぶん」

と、竜之助はうなずいた。

「人には見られねえ大きな池があるところといったら」

「武家屋敷でしょう」

大名とは限らない。千坪近い屋敷だったら、たいがい庭に池をつくって魚を泳がせたりしている。水不足のときは役に立つし、魚もいざとなれば食用になる。「いや、大店《おおだな》のあるじの別邸なんかにも、こ洒落《じゃれ》た池があったりするぜ」

「ああ、そうですね」

竜之助はもう一度、髪の毛をよく見た。やはり、藻が交じっていた。

「頭も浸《つ》けたのか」

「ええ。顔の化粧を落としたりしたのでしょう」

「奥女中や妾あたりか」

「水仕事で手が荒れていないので、それは考えられると思います」

「なるほどな」

と、矢崎は顔をしかめた。

塀に囲まれた屋敷の女のほうが、庶民よりも身元を割り出しにくい。顔見知りも少ないし、周りの者もいなくなったと騒いだりしない。

「面倒な調べになりそうだな」

と、矢崎が言った。

四

と、そこへ――。

「矢崎さま。連れて来ました」

中間がきのえ屋の若旦那を連れて来た。

「どうも」

気の弱そうな若旦那が頭を下げた。

「おめえ、なんで逃げたんだ？」

矢崎は睨《にら》むような目で訊いた。

「いやあ、もう、怖くて」

「蓋開けて、なかを見たんだろうが？　早桶だもの、入っているのは当然、死体だと思うはずじゃねえか」

「早桶だなんて思わなかったんです。まさか、あんな長屋の真ん前に置いてあるなんて考えもしませんから」

「なんだと思ったんだ？」

「でっかい漬け物樽かなんかと」

たしかに漬け物屋などは、これくらい大きな樽に漬けていたりする。

「それで蓋開けたのか？」

「はい。そしたら、裸の女がいたものだから」

「だが、そんなに驚いたら、叫び声の一つもあげるんじゃねえのか。長屋の連中は叫び声がしたなんてことは言ってなかったぜ」

「叫ぼうにも声が出なかったんですよ」

「きのえ屋といったら、通一丁目に店を構える大店だよな」

と、矢崎は厭味《いやみ》っぽく言った。

たしかに、きのえ屋は竜之助も見覚えがある。間口も十間近い、誰が見ても大店である。

「まあ、いちおう」

「そこの若旦那が、夜中になんであんな貧しい長屋に来てるんだよ？」

「いや、あの、それは」

若旦那は口ごもった。

「言いたくねえのか？」

「それはやっぱり」

「じゃあ、奉行所で訊いたほうがよさそうだな」

と、外していた大刀を差そうとした。

「あ、言います、言います。じつは、あの長屋に住んでる蝶丸さんのところに」

「忍んで来たのか？」

「いや、忍んでとかそういうんじゃなく」

「できてるのか、おめえら？」

「できてたらいいんですが、まったくできてなくて」

もう、若旦那は、汗はだらだら、口はしどろもどろ、なんだか訳がわからない。

「おい、はっきりしゃべれ！」

矢崎は怒鳴りつけた。

「いや、あたしは日本橋の芸者のなかでも蝶丸姐さんに岡惚《おかぼ》れしてまして」

「ははあ」

「蝶丸姐さんには、とくに決まった旦那はいないって聞いたんです。それで、ほんとなのかどうか確かめようと思って」

「ここに住んでるのは、なんでわかったんだ？」

「見番《けんばん》の婆さんに聞きました」

見番とは、お座敷に芸者の手配をするところである。

「もしかしたら、男と暮らしていたりするんじゃないかと見に来たってわけか？」

「はい。そういうのは、たいがい男の洗濯物が干してあったりしますので」

「情けねえなあ、おい」

矢崎がそう言うと、

「はい」

と、若旦那は泣きそうになった。自分でも情けないと思ってはいるのだろう。

竜之助は、見ていてちょっと可哀そうになった。

「殺された女は知ってる女だろ？」

矢崎はさらに訊いた。

「知りませんよ。というより、死んでると思った途端怖くなって、顔もろくに見てませんので」

「だったら、見ろよ。あんたがいちばん最初に死体を見つけたんだから。縁もあるんだ」

と、隅に置いてある早桶を指差した。

「そんな縁は勘弁してください」

「でも、知ってるかもしれねえ」

「いやあ、死んだ女に知り合いはいませんて」

「馬鹿。生きてるときの話をしてるんだろうが」

「勘弁してください」

若旦那は手を合わせて頼んだ。

「ははあ」

矢崎は下目使いに若旦那を見た。

「なんですか、その目は？」

「だいたいが、最初に死体を見つけたやつに下手人が多いというのは、取り調べのいろはみたいなものなんだ」

「え、勘弁してくださいよ」

「そんなに顔を見たくないのも、自分でやったからだったりするんだ。怖いんだよな」

「な、なにをおっしゃるんです。あたしがやるわけありませんよ」

「だったら見てみろってんだよ」

「わかりました。見ますよ」

若旦那は早桶から五歩くらい遠いところから、つま先立ちするようにのぞき込んだ。

「知らない人です。見たこともない人です」

「これは顔を洗ってるんだ。生きてるときは化粧してんだぜ」

「どう見ても知った顔ではないですって」

「それ、蝶丸姐さんだよ」

と、矢崎は言った。

竜之助は、矢崎の意地悪に内心呆《あき》れてしまう。

「えっ、蝶丸さん！　ああ、なんてことに」

若旦那は顔を押さえ、しゃがみ込んでしまった。

「嘘だよ、ばあか」

矢崎はにやにや笑いながら言った。

「嘘なんですか、えっ、えっ、じゃあ、誰なんです？」

若旦那は、完全に混乱している。

「誰だかわからねえから訊いてんだろうが。だが、蝶丸はなんであんな長屋にいるんだ？　日本橋でも指折りの売れっ子だろうよ」

「そうなんですよ。なんでも親が借金をつくったらしいです」

「そうなのか」

「どうも蝶丸のおやじってのは小芝居の一座を率いた役者だったらしいんです。それが三座に負けねえような大舞台をつくってしくじりましてね、たいそうな借金をこさえたそうです。それで、ああして芸者しながら長屋に住んで、おやじがつくった借金を返しているそうですよ」

「だったら、おめえが返してやればいいじゃねえか」

と、矢崎は言った。

「そりゃあ、あたしのものになってくれるんだったら、半分くらい返してやりますよ」

「半分かよ。おめえ、そういうこと言ってるから相手にされねえんだよ」

竜之助も同感だった。

五

昼ごろになって——。

「きゃああ」

という凄《すさ》まじい叫び声が、箱崎町二丁目一帯に轟《とどろ》き渡った。

「なんだ、なんだ？」

「どうした？」

竜之助も急いで駆けつけた。

声がしたのは、表通りにある駄菓子屋の奥である。

「おふみさんのところだ」

と、わきにいた近所の男が言った。

「どうしたんだ？」

店から奥の部屋が見えている。

そこで五十くらいの女が、腰を抜かしているらしい。

「おふみさん、どうした？」

近所の男が訊いた。

「ね、猫が、殺されてる！」

「なんだって？」

竜之助は店のほうから奥に入った。近所の男は入って来ない。気味が悪そうに、遠くからこっちを見ている。

だが、女がいる部屋は小さな庭に面していて、そっちからも近所の人たちが入って来た。

「こ、これ……！」

女は箪笥《たんす》の引き出しを指差している。いちばん下の引き出しが開けっ放しになっていて、そこに猫の死体が入っていた。

茶色の大きな猫である。ぴくりともしないから、死んでいるのは間違いない。

「どうしたんだ、この猫は？」

竜之助が訊いた。

「知りませんよ」

「あんた、いま、殺されてるって言ったが、なんでだい？」

「だって、猫がわざわざ簞笥のなかに入って死にますか？　しかも、ここは閉まっていたんですよ。殺した誰かが入れたに決まってるじゃないですか」

「ううむ」

確かにそう考えても、納得はいくが、それが事実かどうかはわからない。

竜之助が腕組みして考えていると、

「おう、どうしたんだ？」

矢崎もやって来た。

「これ……」

と、竜之助は、簞笥のなかの猫を指差した。

「金色の猫か」

矢崎が怖《おそ》れたように言った。

「金色の猫？」

「まさに、そうだろうが」

矢崎はそう言った。

たしかに、茶虎《ちゃとら》はいまの光の加減では、金色に見えなくもない。だが、金色の猫が出たのは夜だった。これが夜の光のなかで金色に見える気はしない。

「殺されたのか？」

矢崎は訊いた。

「この飼い主は、そう言ってるのですが」

と、竜之助は答えた。

「そうに決まってます。あたしはそんなことしてないんですから」

おふみがそう言うと、

「だろうな」

と、矢崎はうなずいた。

そのとき、部屋の奥で、

「にゃあお」

という猫の声がした。

「うわっ」

矢崎が大声を上げて、逃げようとした。

「そっちは、あたしの飼い猫です」

おふみがそう言うと、真っ黒い、首に鈴をつけた猫がおふみのそばに来て、甘えるようなしぐさをした。

「ああ、びっくりした」

と、矢崎はいったんは笑ったが、急に真面目な顔になって、

「おい、あの幽霊騒ぎは、もしかして次に殺されるものを示していたんじゃねえのか」

　と、言った。

「どういうことです、矢崎さん？」

　竜之助は訊いた。

「だから、殺しの予告なんだ。先輩に聞いたことがある。何十年も前だが、そういうやつがいたらしい。辻斬りで、次にこういうやつを斬ると予告していたそうだ」

「ほんとですか」

「ああ、それで結局捕まえたんだけど、ちっと頭のおかしな野郎だったそうだ。だから、またその手のやつが出たんだよ」

「では、この猫も殺されたと？」

「ああ、可哀そうにな」

「でも、傷はないみたいですよ」

と、竜之助は簞笥のなかの猫を指差した。

「毒でやられたに決まってるだろうが」

「……」

本当にそんなことがあるのだろうか。

とりあえず、猫を簞笥の外に出そうとしていた竜之助に、矢崎は自信たっぷりの口調で言った。

「次はかならず鎧兜の死体が出るぜ」

六

とりあえず猫の騒ぎを落ち着かせ、竜之助は早桶があった長屋にもどって来た。

矢崎は定町廻りのほうも気になるので、いったん奉行所に待機するとのことだった。文治はこの界隈《かいわい》で聞き込みをつづけているのだろう。

けである。

長屋は、男たちのほとんどは仕事に出払っていて、いまごろいるのは女たちだけである。

「圭太はもどったかい？」

と、竜之助は井戸端で洗濯をしていたおかみさんに訊いた。

「いや、まだみたいです」

「そりゃあ、おかしいな」

「そうですね」

「こんなことは初めてか？」

「いやいや、たまに吉原だのに泊まっていたみたいですよ」

「そうか」

であれば、そのうちのそのそ帰って来るかもしれない。

天秤棒でかつぐようになっている屋台は、軒下に置いてある。これがあるということは、商売に出る前に当然ここへもどって来るはずである。

軒先には他に、粗末な釣り竿も立てかけてあった。

「昨夜はいたんだよな？」

「暮れ六つ（午後六時）ごろはいましたよ」

「それはおかしくねえか」

「なにがです」

「夜鳴きそば屋なら暮れ六つごろは屋台を出すところに行って、湯をわかしたり、いろいろ準備をしてるんじゃねえのかい？」

「ああ、そうですね」

「ということは、なにやってたんだろうな」

竜之助は、いちおう大家に断わって、なかを見させてもらうことにした。

一人住まいだけあって、家財道具はほとんどない。

目立つのは、そばを茹《ゆ》でるのと、つゆを温めるのに使うのだろう、二つの大きめの鍋と、二十ほどのどんぶりくらいである。鍋の一つには水も入れられ、かまどの上に載っていた。

だが、そば打ちに使う台とか、棒は見当たらない。それと、天ぷら鍋もなさそうである。

「天ぷらなんかは、屋台で揚げるのかな？」

「それが圭太さんは、天ぷらは揚げないんですよ。そっちに惣菜屋があるでしょ。そこで揚げたやつを卸してもらってたんです」

「そうか。でも、そばは打たなくちゃ駄目だろう」

「いいえ、圭太さんはそばも打たないんです。そっちの粉屋であらかじめそば切りにしたやつを買ってましたから」

「なんだ。じゃあ、やることがないだろうよ」

ずいぶんずぼらなそば屋である。竜之助は呆れた。

「つゆをつくるのと、そばを茹でるくらいでしょう」

「だったら仕入れが高くついて、あんまり儲《もう》からねえだろう」

「そうですよね。そのかわり、圭太さんのところはほかの夜鳴きそばより三文ばかし高かったみたいですよ」

「そうなのか」

それでも、客をたくさん捕まえさえすれば、どうにか商いは成り立つのかもしれない。

とそこへ、おかみさんがもう一人、洗濯物を持って井戸端に座った。

「ところで、圭太というのは、女っけはあったかい？」

竜之助は二人を交互に見ながら訊いた。

「さあ、決まった女はいなかったと思いますよ」

「あんまりもてそうじゃないんだな？」

「いいえ、特別いい男ってことはないですが、といって不細工だったわけでもありません。わりと特徴のない顔でした」

一人がそう言うと、

「でも、圭太さんは着物の着方とかは粋《いき》だったよ」

もう一人がそう言った。

「あら、そう？」

「うん。あれで意外ともてたんじゃないの？」

「そういえば、圭太さんとそっちの芸者が話していたのを見たことあるけど」

「あ、あたしもある。わりと気安い感じで話してたわよ」

「そうだよね」

二人は声を低めた。

さすがに長屋のおかみさんたちは、見てないふりして、しっかり見ていたりする。竜之助は、蝶丸に圭太のことを訊いてみることにした。

「ごめんよ」

「あら、福川さま」

まだお座敷に出るときのような化粧はしていない。これから湯屋に行き、丹念な化粧を始めるのだろう。

とはいえ素顔もきれいだった。

「じつは、昨夜から圭太がいなくなっちまったみてえだ」

「え、昨夜から？」

蝶丸は眉《まゆ》をひそめた。

「あんた、圭太の居場所知ってるんじゃないか？」

「知ってるわけないじゃないですか」

ちょっとムキになった。

「心当たりとかも？」

「いいえ、まったく」

蝶丸はひどく心配そうだった。

七

やっと文治がもどって来た。

「どうだった？」

「いやあ、駄目ですね。昨夜の暮れ六つ以降、早桶をかついだ人たちを見なかったかと、訊きまくってみたんですが、誰も見てません。それで思ったのですが、舟で来たんじゃないですか？」

「そうだよな」

たしかにそれは考えられるのだ。川から上げてしまえば、番屋や辻番に見られず、ここの長屋の路地に入って来られる。

しかも、途中で女を裸にし、川で洗うということまで出来てしまう。とすると、あの藻は大川でついた藻なのか。

文治に、藻を見せ、その藻が大川でくっつくかどうか、見て来てもらうことにした。

「じゃあ、行って来ます」

と、文治はとりあえず川沿いの道をしばらく歩いて来るらしい。

竜之助は、どうも猫のことが気になり、猫の幽霊が出たという箱崎町一丁目に近いほうへと向かった。

――このあたりなんだよな。

金色の猫は、闇のなかをゆっくり横切って、また暗闇へ消えて行った。

目撃したのは、この町の住人ではなく、ただの通行人で、悲鳴を上げたり騒いだりしたのを、この町の住人が聞いたのである。

そのため、はっきりその猫を見たという住人はいない。が、通行人は五、六人ほどが見たというから、出現したのは間違いなさそうなのだ。

今日は猫が歩いたあたりをじっくり眺めた。すると、

――ん？

道に光るものが見えたのである。ちょうど西陽が斜めに当たっていて、そのおかげで見つけられたのだろう。

小さな破片のようなものだが、きれいな黄金《こがね》色に輝いている。粒というには大きすぎるが、金粉よりは厚みがある。

竜之助は指先でつまみ、懐紙を出して、それに載せた。

ひとつだけではない。よく見て行くと、点々と七つ八つと見つかった。

本物の金なのか。だが、この近くで金が出るとは考えられない。

首をひねっていると、後ろから、

「福川さま」

と、声がかかった。

「よお、お佐紀ちゃん」

「瓦版できましたよ」

と、一枚、見せてくれた。

「速いねえ」

これにはいつも感心する。

「瓦版は速さが勝負ですから」

大きな見出しは、

「春先に幽霊騒ぎ」

とあって、ここの幽霊を三霊——ちゃんと霊で数えていた——紹介し、世の中が騒がしくなると、幽霊たちの暮らし向きも変わってくるのだろうというのが話の論旨だった。

しかも、霊岸島はおかしなことが起きやすいところだと、ここの七不思議まで紹介してあった。

「うまいもんだね」

と、竜之助は感心した。

「そんなことないですよ」

「でも、これを上回るできごとがあったぜ」

「はい。女の死体が置いてあったそうですね。いま、番屋で聞きました。女の幽霊は、この殺しを暗示していたんですって？」

「いや、それは矢崎さんの説なんだがね」

「福川さまは違うんですね」

「まだわからねえんだよ」

上司の説である。はっきり違うとは言いにくい。

「いまは、なにしてるんですか？」

「金色の猫の足取りを追ってるのさ」

「猫の死体も見つかったって。茶虎だから、金色に間違えられたんじゃないかって、町役人も言ってましたよ」

「いやあ、それもどうかと思うんだよなあ」

「別の猫だとお考えなんですね」

「うん、まあな」

それもはっきりは言いにくい。

「それより、これなんだよ」

と、金色の平たい破片を見せた。

「あら、金色」

「ここらに落ちてたんだよ。まさか、金じゃねえよな」

「どれどれ」

お佐紀は顔を近づけた。

「ああ、これは金雲母《きんうんも》のかけらですよ」

「金雲母？」

「ええ。海とか川の砂にも、金色に光るのが混じっていたりしますよね」

「するね」

「子どものころは金が見つかったとか騒いだりするんですが、金じゃないんです。もちろん、まれに本物の金だったりもするらしいですが」

「これは違うと」

「ええ。雲母ってあるでしょ。ぱりぱり薄く剝がれる石。あれの金色をしたのがあるんですよ。海で見つかるのも、たいがいこの金雲母が砕けたものです」

「そうなのか」

竜之助は感心する。この若さでこんなにいろんなことを知っているのだから、たいしたものである。

「浮世絵にも、きらきら光るものがあるでしょ。きら刷りって言われてますが」

「あるね。役者絵で見たことがあるよ」

たしか、昔の東洲斎写楽《とうしゅうさいしゃらく》の役者絵は、そのきら刷りだったはずである。

「あれは、この金雲母を絵の具に混ぜたやつなんです」

「なるほど、そうか」

これで金色の猫の正体はわかった気がする。金色の猫は、この金雲母を身体になすりつけられていたのだ。

「だが、なぜ、そんなことをしなければならなかったのか、だよな」

と、竜之助は言った。

「そうですよね」

お佐紀もうなずいた。

鎧兜の武者。

美人。

金の猫。

落語の三題噺みたいである。

これはやはり殺しの予言などではなく、この三つに関係するなにかがあり、それを伝えようとしたのかもしれない——と、竜之助は思った。

八

いろいろ報告するため、竜之助は奉行所にいったんもどって来た。すでに陽は暮れ、奉行所の門のところにある常夜灯も、あかあかと明かりを点《とも》していた。

箱崎町二丁目の殺しについて、あれこれ与力に報告を終え、もう一度、箱崎に夜回りに出ようと思っていたところに、

「押し込みです」

と、門番が飛び込んで来た。

「どこだ？」

大滝治三郎《おおたきじさぶろう》が訊いた。

「新両替町《しんりようがえちよう》の綿屋〈増田屋《ますだ》〉です。小僧がそっと抜け出て、報《しら》せに駆けつけて来ました」

「よし、福川、行くぞ」

矢崎はすでに帰っていたので、大滝とともに駆けつけた。中間は入り口あたり

にいた者に声をかけた。数が足りなさそうだったら、八丁堀のほうで帰宅している同心たちをかき集めることになるだろう。

増田屋に飛び込むと、押し込みと行っても、じっさい刀を振り回し、無理やり蔵を開けさせたりしているのではなかった。

すでに表の戸を閉じた店のなかに入り込み、店先に座ってあるじを脅しているところだった。あるじはしたたかに、のらりくらりと時間を引き延ばしていたらしい。

四人組のほうも、町方の姿を見てもまるで動揺などしない。

「なんだ、町方がなんの用だ?」

なかの一人が文句をつけるように言った。

「押し込みに入ったと報せを受けたのでな」

と、大滝が言った。

「押し込みではない」

「だが、金を要求しているのだろう」

「正当な商いだ」

ぬけぬけと言った。

「われらに金を融通すれば、幕府がつぶれたとき、新しいまつりごとの府に出入りする権利を与えると、約束してやっているのだ」

「どこが？」

「幕府がつぶれたときだと」

大滝は怒りのあまり絶句した。

「そんなもしもの話のどこが正当な商いだ」

と、竜之助が言った。

「もしもではない。すでに屋台骨は揺らいでおるわ」

たしかにそうかもしれない。

が、賛成するわけにはいかないし、万が一、幕府が倒れても、こんなやつらがまつりごとに関わることはあり得ない。いや、あってはならない。

「話にならねえ。大滝さん、しょっぴきましょう」

と、竜之助は言った。ただ、相手は四人いる。しょっぴくのはかんたんではない。

こっちは大滝と竜之助のほかには、中間が五人だけである。人手は足りなさそうだが、呼びに行く時間はない。

「おい、われらは下総《しもうさ》関宿藩の藩士だぞ。お縄なんぞにして、ますます幕府の立場が悪くなるのではないか」

四人組の一人がからかうように言った。

「下総関宿藩だと。先のご老中・久世大和守《やまとのかみ》さまの藩ではないか」

と、大滝が言った。

「いかにも。わしらは、大崎荘次郎《おおさきそうじろう》」

「渡辺多門《わたなべたもん》」

「町田金吾《まちだきんご》」

「吉田雅右衛門《よしだまさえもん》。四人とも、嘘偽りなく藩士だ」

「ううっ」

大滝はたじろいだ。昨年まではいえ、老中まで出した藩の藩士を捕縛するとしたら、たしかに厄介《やっかい》なことになりかねない。

だが、竜之助は、

「大滝さん。どうせ、嘘に決まっていますす」

と、言った。

ここは、浪人者に違いないと見て、とりあえず捕縛してしまうべきだと判断した。あとは文句を言って来てからの対応である。

　こうした事態に奉行所が弱腰では、この手の悪事は増える一方となる。叩きのめしてでも縄を打つべきだろう。

「嘘ではない。だったら、訊いて参れ。大名小路にわれらの藩邸がある。木っ端《こぱ》役人が、あとでどうなっても知らんぞ」

　四人のうちの一人がそう息巻いた。

「そうしよう」

　大滝は中間に確かめに行かせ、

「まずくないか、福川」

　と、竜之助に小声で訊いた。

「まずいわけがないですよ。もし、本当に藩士だったら、こんな不届きなことをさせておく藩も藩です」

　返事を待つあいだ、竜之助はさりげなく裏に回って、家族や手代、小僧たちを番屋に避難させておいた。

　新両替町から関宿藩邸はそう遠くなく、四半刻（三十分）ほどで返事が来た。

「その者たちは、すでに脱藩し、当藩には縁もゆかりもないということでした」

中間はそう言った。

「なんだと！」

「嘘をつけ！」

「誰がそんなことを？」

四人組は口々に喚《わめ》いた。

「黒井松之助《くろいまつのすけ》とおっしゃる方が」

と、中間は答えた。

「黒井め」

「なんてやつだ」

四人組は唖然《あぜん》としている。

「さあ、奉行所に来てもらおう」

「ふざけるな」

四人が刀に手をかけた瞬間、竜之助が動いた。

店のなかである。四人組も刀に手はかけたが、抜くには四人がくっつき過ぎている。

その合い間を竜之助が走った——というより、流れたといったほうがいいかもしれない。

きらきらっと光ったのは十手。

「ううっ」

「痛っ」

「手が、手が」

「きさまぁ」

皆、喚きはするが、手首のところを押さえながら、土間の上を情けなく転がっていた。

第三章　竜之助、牢へ

一

翌朝——。

竜之助は、早々に朝飯をかっ込んだ。

よくかき混ぜた納豆に、辛いネギをどっさり入れ、さらに生卵と合わせる。これでどんぶり飯を二杯。

「若さま、お野菜を食べると、血がきれいになると聞きましたよ」

「うん」

やよいの忠告に素直にうなずき、冬菜の塩漬けもいっしょにたっぷり。

箸を置いてから、

「おいら、朝から食い過ぎじゃねえか」

と、言った。

「いいえ、若さまみたいにお忙しい人に、食べ過ぎってことはありません」

やよいはきっぱりと言った。

「そうだよな」

たしかに次の飯近くになると、腹が減って仕方がない。それは、まだ足りないくらいだということだろう。

「あたしがどんぶり二杯食べたら、それは食べ過ぎですが」

やよいなら、それくらい食べそうである。

この日は、奉行所には行かず、まっすぐ箱崎町二丁目の吉兵衛長屋に向かった。昨夜のうちに矢崎の許可を得ていたし、岡っ引きの文治ともそこで待ち合わせることにした。とにかく、圭太が無事に帰ったかどうか、確かめたかったのである。

文治とは、ちょうど長屋の前で落ち合った。

「おはようございます、旦那」

「早いな、文治」

だが、神田旅籠町からここまでなら、文治の足ならそうはかからない。ちゃんと腹ごしらえもしてきたに違いない。

文治の実家は寿司屋である。そのため、

「朝飯は、残った寿司ネタを悪くなる前に食べちまおうと、人も羨《うらや》むくらい凄《すご》いごちそうなんですよ」

と、話していた。

「朝からマグロだのタイだの食ってると、申し訳なくてね」とも。

吉兵衛長屋の路地を入った。

住人のほとんどは、当然、起きて動き始めている。まだ寝ているのは、夜が遅い芸者の蝶丸くらいだろう。

明るくなったら、愚図愚図なんかしてはいられない。夜の商売ならともかく、職人や商人たちは明かり代を節約するためにも、陽があるうちに目一杯動く。

江戸の朝は、どこも慌ただしいのだ。

「圭太、帰ったかい？」

井戸端に兵八と正次がいたので訊いた。

「いや、帰ってねえみてえですぜ」

「そうか」

戸口の足元に、黄色い枯れ葉が一枚落ちていた。

竜之助はその枯れ葉を見ながら戸を開けた。

部屋をざっと見回す。いない。布団も敷いていない。

これはやはりおかしい。

「旦那。圭太はもう殺されてるんじゃないですか？」

と、文治が言った。

「そうかもしれねえな」

竜之助はうなずいた。

だが、女の死体が圭太の家の前に置かれ、さらに圭太が殺されているとしたら、どういうことなのか。

「あるいは、圭太が下手人てえことも？」

文治はさらに言った。

「たしかにその線もあるよな」

自分が殺した女を運ぶため、早桶に入れて出ようとしたら、誰かが来たので、早桶を置いたまま隠れ、ついには出るに出られなくなった。早桶に縄をかけ、担げるようにすれば、一人で運べないこともない。それで、いまごろは上方《かみがた》あたりに向かっている。

そういうことも、ぜったいにないとは言えない。

「それか、怖くてどこかに逃げちまったか」

文治はそうも言った。

「うん」

それがいちばん考えられる。ただ、何にそれほど怯えているかである。

怖がるとしたら、幽霊と早桶の中の死体。それらに圭太が関わっていなければ、逃げるほどには怯えない。

「矢崎さんのほうの調べはどうなっている？」

と、竜之助は文治に訊いた。殺された女の身元を探るのに、矢崎は文治のほか数人の岡っ引きを動かしている。

「いやあ、まだわかりませんね」

「早桶を運んだ足取りも？」

「さっぱりみたいです」

「藻《も》のほうも手がかりにはならねえかい？」

「大川は流れがありますのでね。ああいう藻は、沼みたいなところに生える気がします。それで、船溜まりみたいになっているところを見てるのですが」

まだ同じような藻は見つかっていないのだ。

「女はもう茶毘に付されたんだろう？」

「ええ。昨夜しています」

もう顔を確かめることはできない。もちろん、詳しい人相書はつくったが、大きな特徴がないと難しい。

こういうとき、整った顔立ちの人は損をしてしまう。もちろん、人相書をつくりやすい顔になりたいと思う人もいないだろうが。

哀れなものである。せめて、下手人を見つけ、仇を取ってやりたい。この先、しらばくれてのうのうと生きつづけるなんてことは、ぜったいに許さない。

――ん？

竜之助の顔が変わった。

「旦那、どうなさいました？」

文治が訊いた。

「うん。いま、武士がこの路地をのぞくようにして通り過ぎたから」

そう言いながら、竜之助は急いで路地から表通りに出た。

ちらりと見たのではない。足を止め、長屋のようすを窺《うかが》い、同心と岡っ引きがいたので慌てて歩き出した──そういう感じだった。

永久橋《えいきゅう》に向かうほうへ、一人の武士が足早に去って行こうとしている。

竜之助は走って追いかけた。

橋の上で追いつき、

「もし」

と、声をかけた。

身なりのいい、三十くらいの武士である。背は低いが、肩のあたりの肉が盛り上がっている。駕籠《かご》かきに多い身体つきである。

「なんだ？」

「いま、向こうの長屋の路地をのぞいておられたようなので」

「のぞいてなどおらぬ。無礼なことを申すな」

「幕臣であられますか？」

「なんだと？」

武士は竜之助を睨みつけた。

「答えなければならぬわけでもあるのか？」

「さっきの路地に女の死体が置き去りにしてありましてね」

「それが、わしとなんの関係がある？」

「いや、ただ、なにか気になさっていたみたいでしたので」

「そのほうの勘違いだ」

「そうですか」

「町方ふぜいの無礼は許さぬぞ」

強気に出てきた。

「町方では、これくらいのことを訊ねるのを無礼とはしておりませんが」

竜之助も引かない。

「なに」

左の手で、鯉口《こいぐち》を切った。居合いの遣い手かどうか。

竜之助はなにもしない。動かない。

相手が刀を抜くようであれば、動きを見極めながら、横に飛んで自分も刀を抜くかもしれない。

その前に、左手が自然に動いて、差した十手を相手の顔めがけてぶつけているはずである。

だが、相手もそうした動きは予想しているかもしれない。

すべての神経が緊張し、相手の動きに対応しようとしている——そういう姿勢である。

「町方」

と、相手は言った。

「はい」

「ここで斬り合っても、お互いなんの得もない」

「得？」

竜之助はそんなことで同心をしているのではない。

損得のことなど、ふだん考えたこともない。

無理やり考えれば、自分はつねに損をする側の人間だろうと思う。別にそれでかまわない。

だが、この男はそれを基準にものごとを考えるのだろう。

であれば、話は嚙み合うわけがない。

「じゃあな」

と、相手は言って、背中を向け、歩き出した。

竜之助も、これ以上引き止める理由はない。

「旦那」

文治が緊張した顔で声をかけてきた。

「うん。こんなところで斬り合うつもりなのかと思ったぜ」

竜之助が笑顔を見せると、文治はホッとした顔になった。

その武士は、大川沿いの道を上流のほうへ歩いて行く。

「文治。つけてみてくれ」

「わかりました」

「まだ動くなよ」

途中、その武士が振り向いて一瞬こっちを見た。

まだいるかなと振り返ったのだ。

「よし、行け」

文治があとをつけて行く。

二

竜之助は吉兵衛長屋にもどった。

遠くに仕事に出る連中は、すでに出てしまっている。まだ残っているのは、女たちとこの長屋を仕事場にする居職《いじょく》の版木彫りくらいだろう。

その版木彫りに訊いた。

「圭太はいつもどこに店を出していたかわかるかい？」

「すぐそこですよ。ここの一丁目と二丁目のあいだ。舟着き場になって蔵なんかも並んでいるところの前」

「そんなに近くでやってたのか」

「ええ。あっしも、もっといいところがあるだろうと言ったら、遠くには行きたくねえんだと」

いったいどれだけ怠け者だったのか。

さっそく、そこへ行ってみた。

「ははあ」

地面に屋台を置いていたような跡もついている。

後ろは大名屋敷の塀で、なまこ壁になっている。屋敷内の大木が枝を伸ばし、こっち側にまではみ出していた。

――ここに毎日店を出していたわけか。

竜之助は後ろの壁に背をもたせかけて立ち、圭太の気持ちになってみる。

圭太は自分でそばを打つわけでもない。天ぷらも揚げない。

うまいそばを食わせようなんて気はあまりないのだろう。

夜鳴きそばで金を貯め、自分の店を持とうなんて気持ちもないのだ。

一日数十杯のそばを売って、それでどうにか暮らしが成り立てばいいと、それくらいの気持ち。

「それでも若者か」

と、怒る人もいるかもしれない。

だが、若者だっていろいろである。べつに夢を持って、それに向かって必死になっている若者ばかりではない。

適当な味のそばでも、夜中に腹を空かして帰って来る者にはありがたい。充分、世の中の役に立っているのだから、文句を言われる筋合いもないだろう。

――もしかしたら、夢に破れた男なのかもしれないな。

竜之助はそう思った。

もし自分だって、こうして同心として働くことを許してもらえず、あの田安の家の中で、ただ世の中を眺めて過ごすだけの日々を強要されていたとしたら——。

いつしか剣の稽古もおざなりになるだろうし、ほかのことを一生懸命やろうなんて気もなくなっていたかもしれない。

夜鳴きそば屋はやらないかもしれないが、毎日、たいして望みもない、判で押したような暮らしを送っていたのではないか。

ここは、とくに景色がいいわけでもないし、それほど人が通るところではない。背中側は大名屋敷が並び、前は箱崎町一丁目、二丁目、左手に行くと北新堀町という町人地だが、そこらは橋のたもとに屋台の店が出ていたりする。大繁盛なんてことは、もともと望めない場所なのだ。

圭太が動き出すのは昼過ぎだろう。

まず、鍋やどんぶりを入れた木箱をかつぎ、ここまで持って来るのではないか。

それから、長屋にもどって水を汲み、またここに来る。つゆをつくる分と、どんぶりを洗ったりする分で、一度では足りないかもしれない。

水を運んだら、それからそばと天ぷらとネギなどを仕入れに行くだろう。魚市場はそう遠くないが、市場に行くこともない。すべて近所で調達する。

材料がそろったら、湯をわかしにかかり、出汁《だし》を取ってしょう油を入れ、そばつゆをつくる。秘伝の出汁などもあるわけがない。

そうこうするうちに陽も次第に暮れてくる。

竜之助は、小用を足したくなってきた。

まさか、こんなところでは、と後ろを見た。

――ん？

壁に足跡がついていた。

上は枝が出ている。これを摑《つか》めば、塀をよじ登って屋敷の中に入り込むこともできそうである。

この屋敷の正門のほうを見た。門はすこし引っ込んだかたちにつくられていて、ここから門番などは見えない。

竜之助は、通りに誰も来ないのを確かめ、上に手を伸ばし、足跡があるあたりに足をつけ、身体を持ち上げてみた。

さほど高い塀ではないし、もう一本上の枝を摑めば、いっきに胸あたりまで塀の上に出て、中に入ることもできるはずである。

ここらは建物もなく、一帯は森のようになっている気配である。

ただ、やはり入るのは危険である。

通りに人がやって来たので、慌てて下におりた。

竜之助は道を横切り、納豆をつくって売っている店があったので、

「その前の大名屋敷は、どちらの藩邸だい？」

と、声をかけた。

「久世さまの中屋敷ですよ」

豆を煮ている若い男が答えた。

「下総関宿藩の？」

「はい。前のご老中の」

なんと、昨夜の押し込みも関宿藩の藩士だった。

もちろん偶然だろう。

だが、この藩邸内でいろいろごたごたが起きていて、それがこのあたりのあちこちに火花を飛ばしているとしたら、けっして偶然ではない。

——なんとか覗《のぞ》けねえもんかな。

だが、町方が大名屋敷のことに介入できるわけがない。

三

竜之助はその足で奉行所に向かった。

あの、下総関宿藩士と自称した四人組は、まだ奉行所の牢の中にいるはずである。未遂に終わったことだし、そう長く入れておくわけにはいかないが、まだいろいろ取り調べは残っているだろう。

大滝治三郎が担当していて、ひとまず訊問《じんもん》をおこなってきたところらしい。いかにもうんざりしたという顔だったが、いちおう、

「どうでした、連中のようすは？」

と、竜之助は訊いてみた。

「まったくしょうもねえやつらだ。ああいうのを浪人にされると、こっちもとんだ迷惑だぜ」

「お白洲には？」

「まだだよ。どうも、藩士ではないと言われたのが、納得いかないみたいだ。あ

と一日二日入れておき、お白洲に出して叱り置きってところかな。誰を怪我《けが》させたわけでもねえし、それ以上は無理だろう」

「でしょうね」

と、竜之助も罪の重さについては納得した。

「ただ、おかしなことがありましてね……」

と、さっきの話をした。

「いなくなった圭太が屋台を出していたあたりの壁に、足跡があっただと？」

「ええ。そこから塀を越えたんじゃないでしょうか？」

「ふん。大方、小便でもしたくなったんだろうよ。そこらにすると、てめえが商売しているところが小便臭くなる。それで、あの中でして出て来ただけだよ。中屋敷なんてのは、ほとんど人がいないことも、近所のやつらは知ってるからな」

「ま、そういうこともあるでしょうが、なんか引っかかるんです」

「ふうん。福川の引っかかるはけっこう当たるからな。それで、あいつらを訊問したいってかい？」

と、大滝は訊いた。

「いや、道々考えながら来たのですが、話を聞くため、おいらも牢に入ったほうがいいんじゃないかと」

「福川が？」

「罪人同士のほうが、相手も気を許すはずです」

「昨夜、あいつらをぶちのめしたのは、おめえだろうよ。すぐにばれるぞ」

「なあに、牢は暗いからわかりませんよ」

「そうかなあ」

と、大滝は奉行所の牢のようすを思い出しているらしい。

奉行所の牢は、小伝馬町《こでんまちよう》の牢ほど不潔ではないが、建物の奥にあって窓がないため、昼でもかなり暗い。檻《おり》の前にいるならともかく、奥のほうに行けば夕暮れくらいの明るさしかない。

「どんな罪人になる？」

と、大滝が訊いた。

「押し込みなどよりは、攘夷《じようい》の志士のほうがいいでしょうね」

「ま、ばれても刀を持っているわけじゃねえしな。そりゃあ面白いかもしれねえな」

大滝も乗り気になった。

それでも、うっすらとは見えるので、いちおう隠密同心に手ほどきを受けながら、竜之助は変装をした。

支倉《はせくら》の爺《じい》に教えてやったら、さぞや羨ましがることだろう。なにせ、変装が大好きなのだ。

髷《まげ》を解き、志士ふうに後ろで束ねるだけにする。さらに眉《まゆ》を描いてやけに太くし、含み綿で頬のかたちを変えた。もちろん着物は臭うくらい垢《あか》じみたものにする。

不器用な、田舎から江戸に来た攘夷浪人という感じにはなった。

これで、中に入った。

牢は二つしかない。四人組は奥の牢に入っていた。手前の牢も空いていたが、奥のほうに入れてもらう。

竜之助は檻をくぐるやいなや、

「諸君、夜明けは近いぞ」

と、言った。

「夜明け？　まだ、昼前だろうよ？」

四人組の一人が呆気《あっけ》に取られて竜之助を見た。

「そういう意味ではない！　日本の夜明けだ」

「ああ、なるほど」

「まったく、この国の為政者は腐ってるな。おぬしたちもどこかの藩士だったら、早く脱藩して自由になるべきだぞ」

竜之助はずんずん牢のいちばん奥まで行き、腕立て伏せを始めた。

「一、二、三、四……」

声を出しながらつづける。

凄い速さで百回つづけた。さすがに腕がだるくなった。

「まったく牢になど入れられて、身体がなまったら大変だからな」

竜之助がそう言うと、

「まあな」

と、四人のうちの一人が軽くうなずいて、そっぽを向いた。

「まったく、迎えが来るまで寝るしかないか」

竜之助はそう言って、不貞腐《ふてくさ》れたように寝転んだ。

仲間うちで顔を見合わせている。

「変なやつが来たぞ」

という雰囲気が漂っている。

しばらくは黙って竜之助のようすを見ていたが、

「しかし、黒井のやつはふざけてるよな」

と、奥にいた男がぽつりと言った。

「そういうもんだよ」

「あいつの脱藩も怪しいな」

「ああ、出世するつもりなんだろう」

「おれたちを切り捨ててな」

いま、話に出た黒井というのは、おそらく昨夜、中間が下総関宿藩邸にこいつらの身分を訊いた男だろう。たしか黒井松之助と言っていた。

「ここを出たら斬るか」

と、四人のうちの一人が言った。竜之助も脱藩浪人と見て、油断しているのだ。

「斬れるか、あいつを?」

「そんなに強いのか?」

「あんな上背の足りない野郎が?」

「あいつのは、透明の剣と呼ばれる秘剣だぞ」

「透明の剣？」

「刃が見えなくなるらしい」

「そんな馬鹿な」

竜之助もこれにはつい聞き耳を立てた。

透明の剣などという剣は聞いたことがない。ギヤマンで刃をつくればいちおう透明にはなるが、それで人が斬れるとはとても思えない。

「見た者がいるのか？」

「いる。おれの兄貴は、あいつがそれで喧嘩相手を一太刀で斬るのを見た」

「ほんとか」

「いくぶん暗かったらしいが、それにしても刃が見えないなんてことはあり得ないだろう」

「あり得ないな」

「見えなかったそうだ」

「どこの流派だ」

「四対一だぞ」

「あいつは一刀流《いっとうりゅう》の居合いだ」

「ふうん。そういう剣では戦う気もせんな」

「だが、はい、そうですかと、浪人するわけにはいくまい」

「まずはここを出てからだ。なあに、誰かが助けてくれるさ」

「そうだ。藩だって、わしら四人がいなくなったら、大きな痛手になるはずだからな」

「そういうこと」

竜之助は聞いていて、笑うのを我慢するうち片腹が痛くなってきた。こんな間抜けな四人がいなくなって、痛手となるような藩があるだろうか。やはり、自分たちのことを勘違いしているのだ。

それからしばらく寝たふりをして話を聞いていたが、藩の上役の悪口が止まらないようだったので、合図のくしゃみをした。

すると、すでに話がついている白洲同心が来て、

「おい、そなたの許嫁《いいなずけ》とやらが引き取りに来たぞ」

と、声をかけた。

「そうですか」

竜之助が立ち上がると、

「なんだ、許嫁に出してもらうのか」

「たいした色男だ」

「脱藩なんかせず、許嫁と乳繰《ちちく》り合ってるんだな」

「なにが夜明けは近いだ。毎晩、夜が来るのが楽しみなんだろうが」

などと、悔しそうに喚いた。

同心部屋にもどると、

「どうだ、収穫はあったか？」

と、大滝が訊いた。

「とくに詳しいことはわかりませんでしたが、黒井という同僚に、なにか操られている感じがしました」

「操られている？」

「ええ。脱藩する計画だったようですが、なにか思惑があるみたいです」

「ふうむ。それと、箱崎町の女の死体と結びつくかどうかだな」

「はい。それに幽霊もです」

と、竜之助は言った。

結びつきそうな気が、かなりしている。

昼過ぎに牢を出たので、着替え、変装を落として、箱崎町二丁目にもどることにした。

四

途中、八丁堀の役宅に寄った。

あの藩邸の庭をのぞく方法を考えたのだ。

門の前に来ると、庭で洗濯物を干している姿が見えたのでそっちに回り、

「やよい、手伝ってもらいてえことがあるんだ」

そっぽを向いたまま言った。

なんとやよいが赤い蹴出《けだ》しを干しているところだったからである。

「はい、喜んで」

「藩邸の庭をのぞいてもらいたいんだ」

「夜なら忍び込みますが」

と、軽く言った。腕利きのくノ一ならお手のものなのだろう。

「いや、明るいところで見て来てもらいたいんだ。中に池があるかどうか、そし

て藻の具合まで見てもらったら文句ないんだがな」

「池を見せてくれって頼むんですか？　金魚売りにでも化けましょうか？」

洗濯物は干し終えたらしく、たらいを軒先にひっくり返して置き、こっちにやって来た。

「そこまではしなくていい。子どもが飛ばした凧《たこ》でも取って来てもらおうかな」

「おまかせください」

さっそく向かうことにした。

どうせ交渉するのは門番である。

ここは、やよいの色気を生かしてもらいたい。

「まずは、ほんとに凧を庭の中に落とさないとな」

途中、小網町《こあみちょう》の凧屋でいちばん安い凧を買った。

「竜之助さま、凧揚げなんかしたことあるんですか？」

「ないよ」

剣術ばかりやって、同じ歳ごろの子どもと凧揚げをするなんてことはしてこなかったのだ。

「あたしもできませんよ」

「なあに、そこらの子どもに頼めばいいさ」

ちょうど竹馬で遊んでいた子ども二人を捕まえて、

「凧を揚げて、あの屋敷の中に落としてくれないか」

と、声をかけた。

「そんなの勿体《もったい》ないよ」

「いいんだよ。断わって、取りに行くから」

竜之助がそう言うと、子どもの大きいほう——顔が似ているので兄だろう——が目を輝かせて、

「ふうん。おじさん、町方の人だろう?」

と、訊いた。

「ああ」

「もしかして、悪人を捕まえるため?」

「うん。あの中に逃げたかもしれないんだが、お大名の家だから入れないんだよ」

まるっきりの嘘ではない。

「そうじゃないかと思ったよ」

と、協力してくれることになった。

まずは凧を飛ばし、

「あの塀の向こう側に落ちるようにできるかい？」

「お安い御用だよ」

ぷつりと糸を切ると、凧は狙い通りに落ちた。

そこでやよいが子ども二人を後ろに従え、表門を叩いた。

「申し訳ありません。手習いの生徒たちが凧をお庭に落としてしまいまして。取らせていただくわけにはいきませんでしょうか」

やよいはそう切り出した。

竜之助は圭太が店を出すあたりに隠れ、話を聞いた。

「ガキを入れるわけにはいかねえよ」

「いえ、あたしが捜しますので」

「先生が？」

門番はもう一人と相談しているらしい。

「じゃあ、いいよ。入んなよ」

そう言われて、やよいは中に入って行った。

さほど待たずに、

「ありがとうございました」

礼を言う声がして、やよいが出て来た。ちゃんと爪を持っている。

門番に見られないところで手招きし、

「おう、うまくいったな。どうだった？」

と、竜之助は訊いた。

「はい。池はありましたよ。藻は現物を持って来ようと、ちょっと爪を池につけて」

と、爪の隅についた藻を竜之助に見せた。

黒くて、昆布を薄く、細く切ったような藻。

「まさにこれだよ」

「そうですか。でも、ここでなにかあったみたいですよ」

「なにか？」

「はい。最初、門番はそれどころじゃないとか言ってたのですが、若さまも爪を揚げていて、こんなふうに飛ばしたのを取りに行ったんじゃねえのかと」

「若さま？　取りに行った？」

「そう言ってました」

「若さまがいなくなってるのかな」

「そう考えると、話は合いますね」

いい話を聞き込んでくれたものである。

「ねえ、おいらたちはもういいかい？」

子どもが訊いた。

「ああ、この凧はやるよ」

「ありがとう」

「変なこと頼んだが助かったよ」

竜之助がそう言うと、

「ま、世の中、変な人が多いからね。このあいだは、猫の死体を簞笥に入れてくれとか言われたし」

「え？」

今度は忘れていた謎が顔を出した。

五

やよいを先に帰し、子どもたちが連れて行ってくれたのは、思ったとおり、表通りの駄菓子屋の前だった。

「ここで茶色の猫が倒れてたんだよ」

と、子どもは店の前を指差した。

「いつ？」

「昨日じゃない。その前だ」

「一昨日だな。それで？」

「ここのおばさんが猫を飼っていたなと思ったからさ、倒れていた猫を抱いて、裏に持って行ったんだよ。おばさん、裏のほうにいたのが見えたから」

「よく、怖くなかったな」

「おいらんとこも前に猫飼ってたからね」

「それで持って行ったら？」

「おばさんは、台所のほうで飴玉《あめだま》つくってるみたいだった」

「ああ」

この家は店と裏手の部屋のあいだに台所の土間があるのだ。

「それで、おいら、おばさん、これって猫を見せたんだ」

「うん、それで？」

「おばさんは、おいらの猫を見て、ああ、ありがとう。そこの箪笥の引き出しに入れといておくれって」

「言ったのか？」

竜之助はそう訊いて、思わず笑った。

「うん。だから、おいらはそこがこの猫の寝床だったんだと思って、入れてやったんだよ」

おふみは、ろくろく猫を見ないで、てっきり洗濯物でも飛んだのだと思ったのだろう。手が離せなかったので、箪笥に入れておいてくれと頼み、それはすっかり忘れてしまったのだ。

「そうか。そりゃあいいことをしたな」

竜之助は子どもの頭を撫《な》でてやった。

子どもを帰らせ、駄菓子屋のおふみに謎を解き明かしてやっていると、ちょうど文治がもどって来た。

「おう、文治」

「あ、旦那、ここでなにを？」

文治にも猫の謎のことを教えてやって、ひとしきりおふみといっしょに大笑いしたのだった。

吉兵衛長屋のほうにもどりながら、

「でも、簞笥の中にいたわけはわかったが、金色の猫のことはわかりませんね」

と、文治が言った。

「それがちょっと見えてきたぜ」

「そうなんで？」

「猫が金色ってのは、やはり、小判がからんでいるという意味だと思う」

「小判？」

「しかも、そこの関宿藩邸で、どうも若さまのかどわかしがあったみたいなんだ」

「なんですって」

文治はよほど驚いたらしく、小さな目を真ん丸に見開いた。

「驚いたかい？」

「だって、旦那。さっきの侍ですがね、大名小路の関宿藩邸に入りましたぜ」

「そうなのか」

もしやという気持ちもあったが、的中するとやはりびっくりする。

「あいつが黒井ってやつかもな」

と、竜之助はつぶやいた。

こうなると、なんとしても圭太を見つけなければならない。

「大名屋敷というところは、若さまがかどわかしに遭《あ》っていたりしても、それを表沙汰にはしないのでしょうね」

と、文治が言った。

「しないのだろうな」

「なぜ？」

「くだらねえ見栄なんじゃねえのか」

竜之助は不愉快そうに言った。

六

長屋にもどり、居職の版木彫り職人のところに行き、

「圭太ってのは、どんなやつだった？」

と、訊いた。

「なんか変なやつでしたよ」

「変？」

「店の前はよく通るんですが、客が来ねえときは提灯《ちょうちん》の明かりで本なんか読んでたりするんです」

「本読むと変わってるのか？」

「この長屋じゃ、あいつくらいじゃないですか」

「でも、あんた、版木彫るんだろ？」

「あっしは絵だけでね。あんな文字なんて妙なものは彫りませんよ。だいいち、字なんざ読めませんから」

けっこう自慢げに言った。

彫っているのを見ると、なるほど絵だけで字はない。

「酒飲んで暴れたりは？」

「あいつ、酒は飲まなかったと思いますぜ」

「だったら鬱憤《うっぷん》が溜まったりしたらどうしていたんだろうな？」

「そう言えば、たまにでっけえ声出したりしてましたっけ」

「どんなことを言ってた？」

そういうときは本音がにじみ出るのだ。

「ああ、なんでしくじったんだろうなあ、って」

圭太の声色らしい言い方をした。ちょっと情けない感じで話す男らしい。

「ほう。過去になにか手痛い失敗をしたのかな」

「でしょうね。手に職がねえから、あんなふうに仕入れだけで、夜鳴きそば屋をやってんですよ」

「圭太がここに来たのは？」

「二年くらい前ですね」

「ここに来てから夜鳴きそば屋を始めたのかな」

「そうだと思いますよ」

版木彫りは軽く馬鹿にしたように言った。やはり、職人肌の男とは反りが合わない感じがするのだろう。

「ありがとうよ」

外に出て、蝶丸に話を聞こうと思ったら、もう出かけている。

なんでも蝶丸は見番《けんばん》で湯に入らせてもらうので、けっこう早めに出かけてしまうとのことだった。

後で見番を訪ねるつもりだが、その前にもう一度、圭太の家に入った。

――ん？

今朝、ここに入ったときと、微妙にようすが違っている。

「旦那、どうしました？」

文治が訊いた。

「昼間、ここに誰か入ったみたいだ」

「まさか」

「いや、誰かが入ったか、それとも圭太がいったんもどって来たか」

「なにか違ってるんですか？」

「ああ。その机の上のものが違うぜ」

正面にあるまな板に足をつけたような、かんたんなつくりの机を指差した。

「机の上？」

「筆なんか置いてなかったし、絵の具の皿も出ている。そんなのもなかったんだ」

朝はざっと見回しただけだが、竜之助はそういう光景を頭に刻むのは得意なのである。

「そうでしたか」

昼間、ここに来て、なにか書いて行ったのか。

文のようなもの。だが、周りを見ても、なにも文などない。もちろん文は他人に宛てて書くものだから、出してしまったらあるわけがない。

「筆をどう使ったのかな?」

「元、絵描きだったのですかね?」

「いや、絵描きだったら、もっといろんな筆を使うさ。こいつは字を書くのと、もう一本太い筆だけだ」

「こんな太い筆で字を書くってなんですかね?」

「相撲なんか、太い字を見かけるよな」

「あ、ありますね」

「寄席もあります」

「あ、そうだ」

「それと芝居小屋だ」

「なるほど」

竜之助は筆の先をじっと見た。

「だが、近ごろは字を書いたんじゃねえみてえだ」

「なんでです？」

「ほら、筆先についているのは、赤と青の色だけだ」

陽にかざすようにして、文治にも見せた。

「ほんとだ」

「青や赤をこんな太い筆で塗るってのはなんだろうな」

「さあ？」

竜之助はしばらく考え込んだが、

「なるほどな」

ぽんと手を打った。

「なにかわかってきましたので？」

「うん。意外な筋が見えて来たぜ」

竜之助は文治とともに、日本橋の見番を訪ねた。

「蝶丸姐さんの話を訊きたいんだがね」

竜之助がそう言うと、帳場に座っていた女将《おかみ》が言った。

「蝶丸がなんかしましたか？」

七十くらいの女将は、煙草を吹かしながら、とぼけた顔で訊いた。

「そうじゃねえ。ちっと、ある男の過去について訊きてえことがあるんだ」

「旦那、たいへん申し上げにくいんですが、蝶丸はうちでいちばん稼ぐ芸者なんです。いくら町方の旦那の頼みでも、話を訊きたい、ああ、そうですかと、出すわけにはいかないんですよ」

「だったら、どうすればいい？」

「せめてお座敷に呼んでいただけたら」

「座敷に？　生憎《あいにく》だが、おいら、そんな給金はもらってねえんだよ」

「南の福川さまならお安くしておきますよ」

「これからいろいろ動かなくちゃならねえから、酒飲むわけにもいかねえんだ」

「お茶飲んでいればいいでしょ」

「ううむ」

竜之助は腕組みした。

「福川さま。あたしは旦那に、こういうところも見てもらいたいんですよ」

「こういうとこ?」

「男と女がどういうところで口説き口説かれして、どういうふうに人生が変わっていくのか、そういう場所の気配」

ずいぶんうがったことを言う。

「おいら、戯作者じゃねえんだぜ」

「町方の旦那は、書かなくても戯作者のような考える力は必要でしょ」

「しょうがねえな」

この女将と話をしていたら、どうやっても言い負かされそうである。

竜之助、生まれて初めて自分で芸者を揚げた。料亭ではお金が足りない。そば屋の二階にしてもらった。飲食代をすこしでも安く上げるため、文治は来ない。

「こんばんは」

蝶丸が階段を上がって来た。

「おう」

「福川さまに呼んでいただくなんて光栄です」

呼んだというより、呼ばされたのだ。そばの一杯でもごちそうしてくれたらいいと。いい男は、金より心意気で動きなさいと。

どうも女将には気に入られたのかもしれない。

竜之助は前に座った蝶丸の目をまっすぐ見て、

「もしかして、八丁堀に出た幽霊は、蝶丸姐さんだったんじゃねえのかい？」

と、訊いた。

おつな冗談もない。いきなりである。

「申し訳ありませんでした」

蝶丸も素直に頭を下げた。

七

「蝶丸さんの話でだいぶわかってきたぜ」

と、竜之助は文治に言った。

箱崎二丁目の手前、永久橋の上である。下の川は日本橋川に通じるので、舟の行き来は多い。

「なんで蝶丸が？」

「二人は以前からの知り合い同士だったのさ」

「そうなので？」

「蝶丸のおやじは、小芝居の一座を率いていたってのは知ってるか？」

「はい。矢崎さんから聞いてます」

「圭太は、その一座の役者兼座付き作者だったそうだ」

「そうなので？」

「それで二年前、圭太は座頭《ざがしら》をけしかけ、三座に匹敵するような大仕掛けの芝居を打って、大コケした」

「なんという芝居ですか？」

「『上野山化物花地獄』とかいう題だったそうだ」

「ああ、回向院《えこういん》でやっていたやつだ。そうそう、なんだか仕掛けばかりが大きくて、わけのわからねえ芝居だと噂になってましたっけ。それを圭太が書いたわけですね」

「それで一座は莫大な借金をこさえ、娘の蝶丸は三味線《しゃみせん》の腕を生かして、芸者になった。おやじの借金を返すためにな」

「なんで同じ長屋に？」

「圭太が先に住んでいて、蝶丸はたまたまあのあたりに長屋を探したら空いていたというんだが、近くに住みたかったんじゃねえかな」

「へえ」

「蝶丸から聞いたのは、ざっとそんなところだ」

竜之助がそう言うと、文治はしばらくなにか考えて、

「でも、それでなにがわかったので？」

と、訊いた。

「うん。圭太ってやつは、役者をしていたくらいだから、いろんなものにも化けられるし、小道具の工夫もできるってことさ」

「ははあ。幽霊に化けたのも圭太ってことですね」

「ああ」

とうなずき、

「圭太はおそらく関宿藩邸の塀を乗り越えて小便でもしたんだろう。そのとき、若さまのかどわかしに関することを見たか聞いたかしたんだよ」

いよいよ話の本題に入った。

「はい」

「それで、あいつが見たか、聞いたかしたってことは、相手にもばれちまった」

「でしょうね」

「圭太としては逃げるしかねえ」

「向こうは追いかけますわね」

「ああ。逃げたのは、そこで夜鳴きそば屋をやっている男だとはわかった。ただ、圭太の家を見つけるまで、一日くらいはかかったんだろうな。それで、しゃべったらこうなるぞということを、あの早桶の死体で教えたんだ」

「なるほど」

「もちろん、圭太のことはいまも捜しているだろう。見つけたら、当然、殺すつもりだ」

「ちょっと待ってください、旦那。ということは、あの屋敷の中に、かどわかされた若さまと、かどわかした下手人もいるってことですか？」

「そうさ」

「そりゃあ面倒ですね」

「一方、圭太のほうだが、町方が大名屋敷の中のことに首を突っ込めないことは重々承知している。危険を冒して町方に打ち明けても、町方がどうにもできないでいるあいだに、自分は殺されるだろうと予測できる」

「あっしらが圭太をずっと守りつづけるのは大変でしょうしね」

「だが、ほかに頼る者はいない。そこで圭太は考えたんだ。手がかりみたいなものを出して、町方の連中にこのあたりを調べさせようと」

「だったらこんなものを見聞きしたと、ぜんぶ相談したほうが手っ取り早いんじゃないんですか？」

「それで、町方がうまく処理できるんだったらいいよな。できなかったら？」

「密告した圭太は当然、斬られますね」

「それだったら、自分はなにも言ってない。町方が勝手になにか調べてるだけだと、そういうかたちにしたほうがいいだろ？」

このあたりは、圭太が芝居の台本を書いていたからできたことなのだろう。ふつうの人間は、ひたすら逃げるか押し黙るかで、町方をあやつろうなどとは思わない。

「それが、鎧兜の武者と美人と金色の猫たちの幽霊ですね？」

「そうさ」

「なんで鎧兜の武者と美人と金色の猫なんです？」

「そこにかどわかしの秘密があるんだろうな。そのあたりはまだわからねえこととがある」

「八丁堀の幽霊も？」

「八丁堀の幽霊は、蝶丸姐さんなのさ」

「なんでまた？」

「圭太は女の幽霊に化けるのに、蝶丸姐さんの衣装と化粧道具を借りたのさ」

「ははあ」

「だが、なんでそんなことをするかというわけは言わなかった。蝶丸姐さんに危害が及ぶのを避けるためにもな」

「そりゃそうですね」

「蝶丸は、圭太がなにか騒ぎをつくって窮地をしのごうとしているのはわかった。けれども、圭太が幽霊騒ぎを起こし、町役人が矢崎さんに相談しても、まるで動こうとしなかった」

「はい、あのとき」

「それで、蝶丸姐さんは八丁堀で幽霊騒ぎを起こせば、近くの箱崎町で起きた幽霊騒ぎも調べ直してくれるだろうと考えたのさ」

「捕まったら、人騒がせだとずいぶん叱られるのでは？」

文治は心配そうに言った。

「うん。だから、おいらもないしょにしておくさ」

「蝶丸は圭太に惚れてるんですねえ」

「ああ。だが、圭太はわかってねえんじゃねえか。あくまでも、元座頭のお嬢さんだと思ってるだろう」

「あんないい女を」

「うん。幸せな男だよ」

竜之助もうなずいた。

二人でそばをたぐり、お茶を飲んだだけだが、たしかにいい女である。日本橋でも売れっ子というのもよくわかった。

「だが、もう圭太も逃げちまったでしょう。もどって来ますかね」

「来るさ。だから、あらたに手がかりを出してくれたんじゃねえか。机に筆を置いたりして」

「あ、そうか」

「だったら圭太の望みを叶《かな》えてやろうぜ」

「つまり？」

「このあたりを、おいらたち町方がずっとうろうろしているのさ」

竜之助はそう言って、箱崎の町並を指差した。

八

奉行所にもどると、竜之助はいままでわかったことを矢崎に報告した。

「関宿藩の若さまがいなくなっているだと？」

矢崎は目を剝《む》いて言った。

「おそらく」

「殺されたのは？」

「あそこの奥女中じゃないでしょうか」

「圭太を脅したわけか」

「それだけが理由じゃなかったかもしれませんが」

「たしかに、あの藩邸の殺しだとすると、あそこに早桶が出現した謎も解けるよな」

「そうでしょう」

大名屋敷あたりになると、いざというときのため、早桶の一つや二つは物置き小屋の隅に置いてあったりする。池に死体をつけて化粧などを落とし、身元もわからないようにしておく。

あとは人けがなくなったのを見計らい、そっと運べば、どこの木戸もくぐらずに済むし、番屋や辻番にも見咎《みとが》められない。

矢崎に命じられた岡っ引きたちが、いくら死体の手がかりを捜し回っても、なにも見つからないのは当然である。

「それで、牢にいる下総関宿藩の浪人たちを問い詰めてもらいたいんです。かどわかしについて、なにか知っているかもしれません」

「いねえよ、もう」

と、矢崎は言った。

「え、どうしてです？」

「黒井松之助という関宿藩の勘定役だかがやって来て、じつはあの四人は藩士だと言い、詫びを入れたのだ。そうなると、こっちもいつまでも置いておくわけにはいかねえよ」

もちろんそれは矢崎の判断ではなく、奉行も許可したうえのことだろう。だが、それにしても妙な話ではないか。

「じつは藩士？　そう言ったのですか？」

「ああ。ふざけたことをしたので、ついカッとなって言ったんだと」

「関宿藩は怪しいですよ」

「だが、いくら怪しくてもな」

「やっぱりおいらたちじゃどうしようもないですか？」

竜之助は悔しそうに訊いた。

「目付《めつけ》ならまだしも町方じゃな」

矢崎も憤りをにじませて言った。

第四章　幽霊の本人

一

翌朝――。

竜之助はさっさと朝飯を済ませ、そのまま箱崎町二丁目に向かうつもりである。矢崎にもそう断わってある。

「若さま。そんなに焦って召し上がらなくても」

急いで食うため、納豆と生卵と漬け物をぜんぶ飯に載せ、ぐるぐるかき混ぜて食べた。二杯目は味噌汁をかけてかっ込んだ。

それでも充分にうまい。

やよいが料理屋でも始めたら、大繁盛するのではないか。納豆生卵お膳。毎日でも食いに行く。

しかも、こんな色っぽい女将。夜も通ってしまうかもしれない。ほかに客がいなかったりすると、つい、酒の一本もつけてもらったりする。

やよいがあまりにも色っぽいので、役宅ではぜったい酒を飲まないようにしているのだ。自分を見失ったら、大変なことになる。それが料理屋では差し向かいである。

まずい状況ではないか。

よく見ると、やよいは湯上がりだったりする。胸元がほんのりと赤い。

これはきわめてまずい。

「若さま。鼻血が」

と、やよいが驚いたように言った。

「え？」

慌てて懐紙を鼻に当てた。

「大丈夫ですか？　あたしの膝枕ですこしお休みになったら？」

「馬鹿言ってんじゃねえ」

そんなことをしたら、鼻血は一升ほど出てしまう。

「いなくなった圭太が、朝、帰って来るところを斬られたりしたら、あとでどれだけ後悔するか。とてものんびり飯なんか食っていられねえよ」

と、竜之助はきっぱりと言った。

「そうですか。だったら、お昼もおにぎりにして届けましょうか？」

「おいら、どこにいるかわからねえぜ」

「それでしたら、箱崎町二丁目の番屋に届けておきましょうか」

「そいつは助かる。頼んだぜ」

そう言って、大急ぎで飛び出した。

朝だというのに、それほど寒くない。ちょっと走っただけでも汗ばんでくるくらいである。そういえば、掘割の土手が、うっすらと緑っぽくなってきた気がする。だが、湊《みなと》橋のたもとにある桜の木には、まだ蕾《つぼみ》らしきものはない。

箱崎町二丁目の吉兵衛長屋に着いた。

やはり圭太はいない。もどったようすもない。

「今日もいねえのかい？」

井戸端のおかみさんに訊《き》くと、

「そうなんですよ。無事だといいんですがねえ」

と、心配そうな顔をした。

すると、路地の中に武士が入って来た。

まっすぐ歩いて来て、偉そうな態度で竜之助を見た。町方を木っ端《こっぱ》役人と馬鹿にする目である。

「え？」

竜之助はあっ気に取られた。

なんと、あの押し込みで捕まえた関宿藩の一人ではないか。

歳は三十前後といったところか。月代《さかやき》が伸びすぎて見苦しい感じがする。志士に流行《はや》りの総髪にしたいが、藩の上役に叱られるので、言い訳ができるぎりぎりのところなのだろう。だから、こういう頭は、意外に毎日、髪を当たっていたりするのだ。

「あ、あんたは」

と、竜之助は思わずそう言った。

「なんだ、あのときの同心か」

相手のほうが平然としている。あまりの図々しさに、竜之助のほうが気後れしてしまったほどである。

「ここでなにを？」

と、竜之助は訊いた。

「なんでもいいだろうが」

「厠《かわや》でも借りに来ましたか？」

「ふざけるな」

「関宿藩の藩士だそうで？」

「だからあのときもそうだと言っただろうが。ま、いつ脱藩するかはわからぬがな」

男は軽い調子で言った。

「脱藩ねえ……」

と、竜之助は呆れたように言った。

いまや、どこもかしこも脱藩者だらけで、ほとんど流行りのようになっているが、藩によっては家族や親戚にも重い罰が与えられたりする。

関宿藩の中がどうなっているか、竜之助は知らないが、よく考えれば脱藩することは大変なことなのだ。

だが、この男たちは、どうせ幕府はつぶれ、藩もむちゃくちゃになると、馬鹿にしきっているのだ。

こんな男たちを見ると、たしかにいまの幕府はもうお終いという気がする。ただ、こんな連中が大手を振って歩くような世の中にはしたくない。

「文句はあるのか？」

「あなたがここらを歩くことについては文句は言えませんが、町人に迷惑をかけるなら、許しませんぞ」

「なに、許さぬ？」

「ええ。許しません」

竜之助は断固として言った。町方は町人を守るのが仕事なのだ。

男はちらりと自分の右腕を見た。このあいだ、竜之助に十手で叩かれた痕《あと》が、痣《あざ》になって残っていた。

「ふん」

男は鼻でせせら笑い、圭太の家の外側をゆっくり見回して、路地から外の通りに出て行った。

——なんてやつだ。

怪しいと睨んでいた藩の武士が堂々と現われて去って行ったのである。

いったいどういうことなのか。

あまりの傍若無人ぶりに、竜之助も驚いた。

どうせ町方にはなにも手は出せない。そこまで居直って、圭太を始末するため動き出したのかもしれない。だとしたら、なんとも呆れたことだった。

二

竜之助は気を取り直して、とにかくわかったことだけでも整理しておこうと思った。

――一つずつ確認していこう。

まず鎧兜の幽霊の謎だった。

近くの現場に足を運んだ。

堀川沿いの柳の木の下。手習いの師匠と子どもたちが目撃している。

圭太が化けた鎧兜の幽霊は、川の上まで歩き、そこで消えるという手妻《てづま》みたいなことをした。

――どうやって、消えたんだろう？

川っ縁に立って考える。

そんな大がかりなことをやれるはずはない。ちょっとした手妻のようなことなのだ。

圭太がつくった鎧兜は、もちろん紙に色を塗ったようなものだった。部屋に竹ひごなどはなかったが、そういうもので外枠をこしらえ、紙を貼ったのではないか。ただ、大きく見えるようにつくってあった。

それをすっぽりかぶるようにしたのだろう。

すっぽりかぶることができるなら、身体から取り外すのもかんたんだったはずである。

歩くようすは、自然に鈍重な感じになる。

のっしのっしと柳の木の下まで来た。

竜之助も同じ場所に来て、上を見た。

ここは柳の木の枝がいっぱい垂れ下がっていて、見えにくくなっている。すだれの奥みたいなものである。ましてや夜だった。子どもたちがいたところからだと、ほとんど見えなかっただろう。

圭太はすばやく手製の鎧兜を脱ぎ、それをおそらく釣竿のようなものの先にすばやくつけたのではないか。それで、それをすぅーっと川の上まで持って行ったところで、糸を切った。

手習いの師匠や子どもたちのいたところからは、川底のほうは見えない。ふうっとかき消えたように見えただろう。だが、紙の鎧兜は、音もなく川に落ち、流れにさらわれていった。

そして当人は、見ている者の視線がそっちに行っている隙に、家の陰に隠れ、あとは川っ縁を歩いていなくなったというわけである。

竜之助は、手を動かしたり、川っ縁を歩いたりしながら、頭の中でその光景を再現してみた。

——よし、やれる。

と、思った。

そういえば、圭太の家の軒先に、釣竿が立てかけてあったような気がする。

問題は、手妻のような手口より、いい歳をした男が、なぜそんなことをしたのか、ということである。単に幽霊騒ぎを起こしたかったなら、人魂でもつくって飛ばせばいいだけである。鎧兜の幽霊をつくったりするよりは、ずっとかんたんなはずだ。

これは、しばらく考えた。

やはり、かどわかしについてなにかを教えようとしていたなら、若さまをさらった男が、鎧兜をつけていたとでもいうのか？

──戦に出るならともかく、子どもを攫《さら》うのに、鎧なんか着るか？

そんなことをしたって、目立つだけだろう。

それに、鎧兜はやたらと重いから、あんなものをつけていたら、迅速にかどわかしなどできるわけがない。

──名前ってことはないか？

鎧塚兜之助。

あるいは、鎧田兜左衛門。

二人ってこともある。鎧野と兜谷。

いや、やはりおかしい。圭太はたまたま居合わせ、のぞいたり、聞き耳を立てたりしただけなのだ。名前まではわからないだろう。

──かどわかしの手口か……。

関宿藩の若さまは、糸の切れた凧を追いかけたのではないかなどと言われていたくらいだから、どんなふうに消えたかわからないのだ。

若さまを、鎧兜の中に入れて持ち去るというのはどうだろうか。

その鎧兜は、修理だのなんだのと適当な理由をつけて持ち出してしまう。まさか若さまが中にいるなどとは思わないだろう。

圭太はそのようすを見たのか、あるいは話で聞いたかしたのだ。

そして、身を隠す羽目になったとき、そのかどわかしの方法を幽霊の姿に託して報せているのではないだろうか……。

どうも、この筋がいちばんしっくりくるような気がした。

三

次は、美人の幽霊について探ることにした。

見た者はそうたくさんはいない。

通り過ぎてきゃあきゃあ騒いだ娘たちが何人かいたらしいが、一瞬見ただけで幽霊だとわかり、とても顔など見る余裕もなく、家まで逃げ帰ってしまった。

一瞬見て幽霊とわかったというのは、お決まりの恰好をしていたからだろう。

つまり、洗い髪のまま前に垂らし、手を胸のあたりにだらりと下げる。足は着物の裾で隠し、あるのかないのかわからない。

顔は生気がなく、白いのを通り越して青いくらい。

これで、すぅーっと音も立てず歩けば、誰だって幽霊かと怯《おび》える。

圭太は芝居の台本を書いたり、役者をしていたくらいだから、そこらへんは誰よりもよく知っていたに違いない。

そうやって、このあたりを一回りしてきて、長屋の兵八と正次に姿を見せたあと、自分の家の中に消えたのである。

そのあと、しばらくして二人が恐々《こわごわ》圭太の家をのぞいたときは、幽霊はすでに消えていた。

これは推理するまでもない。すばやく、家のどこかに隠れたのだ。

——そういうときの隠れ場所はお定まりだろう。

押入れもあるが、いないとなればすぐに捜すところである。子どものかくれんぼだって、そんなかんたんなところには隠れない。

それよりは、台所のはめ板を開けて、中に入る。さらに、床下沿いに長屋の外まで出られたりするはずである。

竜之助は、圭太の家に上がり込み、台所のはめ板を外してみた。

「やっぱりな」

漬け物の甕《かめ》などもあり、ちゃんと入り込める広さがある。奥のほうに光も見えるので、外にも通じているのだ。

土や漬け物の臭いにカビのそれも混じった、あまり芳《かぐわ》しいとは言えない空気がふわっと上がって来る。それをいったん顔をそむけてやり過ごしたが、ちゃんと確かめるため、中に入ろうとした。すると、

「あれ、同心さま」

「なになさってるんで？」

と、兵八と正次に見られてしまった。

「いや、お前たちが見た女の幽霊が隠れたところを探してたのさ」

「隠れた？」

「消えたんでしょ？」

兵八と正次は、あれが贋物だったとは、まったく疑っていないらしい。

もっとも、江戸っ子の大半は、幽霊を信じている。疑ったりしたら、バチが当たるなどと言う者さえいたりする。

「人が消えたりするものか」

と、竜之助は言った。

「人って、なにをおっしゃいますか」

「あっしらだって、人と幽霊の区別はつきますぜ」

「あの幽霊はな、いいか、圭太が化けていたんだぜ」

竜之助は、二人を見て、諭《さと》すように言った。

「圭太が？　へっへっへ、旦那、そりゃあないです」

「おいらもそう思います」

兵八と正次はへらへらと笑った。

「なんで？」

「圭太ってのは、ブ男ってほどではねえですが、冴えねえ面してますぜ。なんだか、顔に雲でもかかったみたいな」

「そうそう。目鼻立ちもちんまりしてね」

「いくら白粉《おしろい》を塗ったくろうが、あんないい女にはなれませんて」

「圭太があんないい女になれるなら、おれたちはあいつを口説きますよ。ずっと化粧させときゃいいんだから」

「あんないい女なら、圭太でもかまわねえ」

「同じく」

二人は、まるで信用しない。

「そんなに違ったのか？」

「豚が孔雀《くじゃく》に化けるようなもんです」

「お岩が小野小町《おののこまち》に化けるようなものです」

二人とも、ぼろくそに貶《けな》すばかりである。

「そうかぁ」

同じ長屋に住む者にそこまで言われると、竜之助も考えてしまう。

だが、圭太が幽霊に化けたことは、すでに蝶丸が証明しているのだ。八丁堀の幽霊は自分だとも告白しているのだから、そんな嘘をつくはずがない。

であれば、やはりあの幽霊は二人がなんと言おうと圭太なのだ。

と、そこへ――。

一人の武士が来て、圭太の家をさりげなくのぞき、すぐに引き返そうとした。

なんと、またも押し込みのときにいた関宿藩の藩士ではないか。しかも、さっき見たのとは別の一人である。

「なんでしょうか？」

と、竜之助は声をかけた。

「ん？　きさま、このあいだの」

その武士もすぐに竜之助を認め、嫌な顔をした。

「圭太に御用ですか？」

「圭太？」

名は知らないのだろう。

「この家に住む者です」

「用というほどのことはない。きさまこそ、なにをしている？」

本気の顔で訊いた。

「わたしはここで見つかった死体についていろいろ調べているのです」

「死体？」

なんのことかわからない顔をした。

芝居にしてはうますぎる気がする。殺しには関わっていないのか。それとも、関宿藩の者のしわざと考えるほうがおかしいのか。

「ちと、話を伺えませんか？」

「断わる。きさまと話すいわれもないわ」

関宿藩士は、踵《きびす》を返すと、肩を怒らせながら路地から出て行った。

「旦那。なんですか、あのお侍は？」

と、兵八が訊いた。

「うん。そこの関宿藩邸の者さ」

「いったい圭太の野郎、なに、やらかしたんですかね？」

「うん、まあ、そこらはな」

いまは、はっきりしたことは言えない。

「わかった」

と、兵八が言った。

「なんだよ？」

正次が訊いた。

「圭太の野郎、毒のそばを食わしたんだ」

「毒そば！」

「あいつが店出してたのは関宿藩邸のわきだもの」

「ほんとだ」

「それで、あそこのお女中が死に、藩士が何人も寝込んでいるんだ」

「じゃあ、あの早桶は？」

「おめえが殺したんだと持って来たんですよ」

「なるほど」

「それで、圭太を絞め上げようと、ああやって藩士が捜し回ってるんです」

「じゃあ、幽霊は？」

「毒そば食って死んだのが、化けて出てるんじゃねえですか」

兵八はぱんと手を叩いて言った。

辻褄《つじつま》は、いちおう合っている。竜之助は、一瞬、

——そっちか？

と、思ってしまった。

だが、そんなわけはない。

四

猫についてはさほど疑問もないが、金雲母を圭太が持っていたかどうかだろう。

まずは、圭太の部屋をじっくり見た。

畳の隙間、土間を、這いつくばって見た。だが、金雲母のかけらも見つからな

い。かわりにゴマを三粒見つけた。

やったとしたら、ここではないのかもしれない。

これについては、もう一度、蝶丸姐さんに訊くしかない。

今日はまだ家にいるみたいで、

「ごめんよ」

声をかけると、声だけでわかったらしく、

「あ、はい。福川さま」

と、すぐに戸を開けてくれた。

蝶丸は家の掃除をしているところだった。頭に手ぬぐいをかけ、たすきがけ。

それで箪笥の上の見えないところまで雑巾で拭いていた。

いいおかみさんになるかもしれない。

「昨日はすまなかったな」

「いいえ、こちらこそ。あのあと、南の福川さまに呼んでもらったと仲間に話したら、羨ましがられたのなんのって」

「おいらだって、もし蝶丸さんを呼んだとかしゃべったら矢崎さんに蹴っ飛ばされちまうよ。だから、言わないけどな」

「まあ、福川さまって意外とお上手」

どこが上手なんだか。

「それで、圭太のことで訊きたいことがあってな。あいつ、金色の猫に金雲母ってやつを塗ったみたいなんだよ。圭太が金雲母を手に入れたりすることができると思うかい？」

「はい。福川さま。これ」

蝶丸は鏡台の引き出しから、豆腐半丁くらいの、石を取り出した。

「なんだい、これ？」

持つと、ずいぶん軽い。失敗したギヤマンみたいな、変な色の石である。見る位置によって金色にも見える。

「それが金雲母です。絵の具に混ぜるきらにしてつかうときは、それを細かく砕くんです」

「蝶丸姐さんのものだったのか？」

「この前、化粧道具を貸したとき、圭太さんにもらったんですよ。正月とかおめでたい日に、目元に金粉みたいに塗ろうかと思って」

「やっぱり、圭太が持ってたのか」

「芝居で使ったんです。その余りを持っていたみたいです。ここで、細かく砕いて、それを持って外に出て行きました」

「女に化けたあとで？」

「いいえ、前です。それからもどって来て、急いで女に化けました」

「そうだったのか」

これを持っていたからこそ、圭太も猫を使おうと思いついたのだろう。

にゃあお。

と、声がした。

蝶丸の家の白い猫が、奥からいそいそと外へ行こうとする。

「あら、うちのしろこのいい男が来たみたい」

「え？」

後ろを見ると、足は白いが顔と身体は真っ黒の猫が来ていた。

しかも、その顔や身体の一部がぴかぴか光っている。

「こいつか」

金雲母を塗られた跡がまだ残っている。

捕まえてよく見ようとしたが、竜之助が近づくと逃げてしまう。もどるとまた寄って来る。

「ここらをよくうろうろしてたから、圭太さんに捕まったんでしょう」

蝶丸がそう言うと、

「にゃあにゃにゃあ」

愚痴をこぼすみたいに鳴いた。

五

そのうち、矢崎三五郎が文治とともにやって来た。

「悪いな、福川。こっちはおめえに任せたみたいになって」

と、矢崎は軽く竜之助の肩を叩いた。

「いえ、やりがいもありますから」

矢崎にしても、まったく信用していなかったら、自分で手がけるだろう。いちおう竜之助を信用してくれたのだから、そこは喜ぶべきところなのだ。

「それで、ちっとは目途がついたか？」

「ええ。幽霊のほうはほぼ完全に」

「ばあか。幽霊なんざ、もうどうでもいいだろうが。女の殺しと、おめえの言ったかどわかしのほうだよ」

「いや、もちろんつながりのある話ですから」

「おいらが言った、幽霊は殺しの予告だって読みも気にしてるんだろうな。まだ、鎧兜の死体は出てねえみてえだが」

「まだみたいです」

その読みはきれいに消えたが、上司に向かってそうは言えない。

それより、圭太を捜さなければならない。

いったい、どこを逃げ回っているのか。

ちらりと見ると、路地の入口から、またも武士がこっちをのぞいたところだった。

今度の男は、あの四人の関宿藩士とは別人のようだった。

「どうした？」

竜之助の視線を見て、矢崎が訊いた。

「いえ、この長屋を関宿藩の藩士たちがずっと見張ってるんです」

「なに」

矢崎もさすがにムッとしたらしい。

「どういうつもりなのでしょう？」

「おい、まさかかどわかされた若さまがこの長屋にいるなんてことは？」

「いや、それはないでしょうが……あ」

竜之助の頭の奥で閃いたものがある。

「なんだ、福川？」

「いや、ちょっとおいらを圭太の家で一人にさせてください」

「なんだ、昼寝でもするのか？」

「しませんよ」

ほんのすこしでいいからと言って、竜之助は一人にしてもらうと、圭太の部屋の真ん中に座り込み、

「おい、圭太。おめえ、いるんだよな、ここに？」

と、話しかけた。

「そうだよな。出歩いたらあぶねえから、幽霊騒ぎを起こしたりしてるんだもの。ここにいねえわけねえよ。出て来いよ」

天井に向かって言ってみる。

だが、こんな長屋の天井だと、薄い板を張っているだけである。ずっと潜んで

いるのは難しいだろう。

「おめえ、芝居の大道具とかもつくったりしてたんだよな。たぶん、素人目にはわからねえ隠れ場所なんかもつくれるんだ。押入れじゃねえよな」

小さな押入れである。半畳分ほどしかない。

開けても荷物だけ。隠れてはいない。

「さっき、床下は見た。だが、隠れているようすはなかったぜ。どこにいるんだい？」

まだ返事はない。

「おめえ、下総関宿藩の藩邸に入り込んで、かどわかしをしてるところか、その話を聞いたかしたんだろう？　それで見つかって、殺されると思ったんだよな。それは間違いねえ。おめえは見つかったら、かならず殺される。しかも、あいつらはこうなるぞと脅しまでかけてきたよな」

竜之助は耳を澄ます。物音はしない。が、なんとなく気配は感じられる。

「あいつらはいまもおめえを見張ってるよ。見つけたら殺すつもりだ。でも、おめえだってそうそういつまでも隠れちゃいられねえだろ。町方は頼りにならねえかい？　たしかに、町方じゃ大名屋敷の中までは手を出せねえ。でも、連中はいくつもしくじりをしてる。一つは、たぶん奥女中だろうが、そいつを殺して、町人地に置き去りにした。町人地で見つかった死体の下手人は、町方で捕まえることができる」

「……」

聞いている気配はある。

「それにかどわかしはまだ終わっちゃいねえだろ。若さまを鎧兜に入れて連れ出したけど、まだ金を取ってねえはずなんだ。その金の受け渡しは、藩邸の中でなんかやれっこねえ。かならず外でやるんだ。そこを捕まえてえんだよ。藩邸の外なら、かどわかしってことで町方でも捕まえられるからな」

「……」

「下手人を捕まえねえと、あんたはいつまでも追われる。下手人を捕まえるためには、出てきてすべてしゃべってくれたほうがいいと思うぜ。おいらたちも、しばらくのあいだはあんたに付きっきりになれる。そのあいだに、決着つけようぜ。駄目だったら、逃げる手立ても考えてやるから」

ことり。

と、音がした。

台所のかまどの中から手が現われた。

「あ」

その手がかまどに載っていた鍋を持ち上げ、下に降ろした。鍋には水も入っていたのだ。だが、この鍋があったから、まさかこの下に隠れられるとは、竜之助も疑うことはなかったのだ。

それから、ずるずるとかまどが動き、ついにその下から男の顔が現われた。かまどの下に穴を掘ったらしい。

なるほど、この狭い長屋に隠れ場所をつくるとしたら、ここくらいしかないかもしれない。

「圭太だな？」

「どうも」

と、圭太は照れたように笑った。

六

「穴掘ったのか？」

と、竜之助は出てきた圭太に訊いた。

「ええ。最初の夜は間に合わず、床下に隠れてましたが、床下なんかいずれ見つかるのは明らかでしたのでね」

「これだけの穴は大変だったろう？」

しゃがむかたちだが、いちおう大の男がすっぽり入るのだ。早桶分くらいは土を掻き出している。

「鉄鍋で掘りました。意外に土が柔らかくて」

「ああ、そうか」

霊岸島は埋め立て地なのだ。それで、昔は歩くと地面がふわふわするので、こんにゃく島とか言われていたらしい。台所の土もそんなものなのだろう。

「ずうっと入ってたのかい？　厠とかはどうしたんだい？」

「いいえ。夜中とかは出てましたよ。腹だって減りますし」

「なるほどな」

と、うなずき、戸を開けて、

「矢崎さん。圭太を見つけました」

そう言って、矢崎と文治も中に入れた。

「なんだ、中に隠れていたのか」

　と、矢崎は驚いた。

「あい、すみません」

「まあ、無事だったのはいいが、いったいどういうことなんだ？」

「ええ、じつは……」

　と、圭太が話そうとすると、腹の虫がぐうぐう鳴り出した。

「腹減ってるのか？」

　竜之助が訊いた。

「そりゃあ、もう」

　そろそろやよいが握り飯を届けてくれたはずである。文治に言って、番屋からそれを取って来てもらい、

「食いながらでもいい。順番にしゃべってくれ」

　竜之助はつづきをうながした。

　四畳半に圭太を囲むように、皆、座った。

「いつものように店を出す準備をしていたら、小便がしたくなりましてね。屋台のわきでやれば小便臭くなるでしょう。でも、塀の裏なら大丈夫かと。じつは初めてじゃなくて、いままでも何度もやっていたんです」

　圭太は握り飯を食いながら、語り出した。

「そうか」

「あそこは、向こう側に上り下りのしやすい木がありましてね。それでいつものように小便をしてもどろうとしたら、あいつらが出て来たんです」

「あいつら？」

「若い侍と、お女中らしい女でした。あっしは慌てて木陰に隠れました。すると、その二人が話を始めたんです。女はいきなり、こう言ったんです。鎧の中に隠すなんてことを、よく思いつきましたねって。なんのことかと思いますよね。すると、男はこう言いました。若さまはお前のことが大好きだからな、鎧の中に隠れて爺《じい》を驚かそうと言えば、喜んで隠れるだろうと思ったのさ――と」

「やはりそうだったか」

　竜之助の推理は当たっていた。

「女は、それでいまは武具屋におられるのですね？　と、訊きました。だが、男は、武具屋などもともとない。ほかの店にいる、と」

「だろうな」

　鎧に隠したことを思いついたとき、あの近所の武具屋を当たろうかとも思ったのである。だが、本当の武具屋になど連れて行くわけがないと、それはやめにしたのだった。

「あっしはそこらでようやく、かどわかしだとぴんと来ました。こりゃあ、大変だと。女は、若さまにひどいことはしてないでしょうね？　とか訊いてました。すると男は、あんなガキがほんとにかわいいのか、と」

「ほう」

「お女中は本気で若さまを心配していたみたいです。ただ、お女中はあの男に惚れてもいるみたいでしたね」

圭太がそこまで言ったとき、

「結局、お女中も邪魔になったってわけか」

と、矢崎が言った。

「圭太は、早桶の遺体のことは知ってるだろう？」

竜之助が訊いた。

「はい。騒ぎは聞こえていましたから」

「死体を見てはいねえよな」

「ええ。でも、たぶん、あのお女中じゃないですかね。きれいな人でしたよ。小柄で、細面の」

「ああ、そりゃ、間違いねえな」

と、矢崎は言った。

「それでお女中がいつ若さまを返すのかと訊くと、三千両を手に入れたらだと」

「三千両！」

文治が目を剝いた。

「お女中が、受け取る方法は考えてあるのですか、と訊くと、当たり前だろうと言ってました」

「では、やはりまだ、どこかに閉じ込められているのか」

と、矢崎は言った。

「それでおれは脱藩するのだとも言いました」

圭太が話をもどした。

圭太は大きな握り飯二つを食べ終え、満足そうである。

「脱藩……」

竜之助は、あの四人を思い出した。

あいつらとその男は、脱藩計画ということで結びついているのだろう。

「お女中がわたしはどうしたらいいのですと訊きました。すると、いっしょに京に連れてってやると。だが、あっしにはじつのある言葉には聞こえませんでしたね」

「男の名前は口にしなかったかい？」

と、竜之助が訊いた。

「あ、たしか、一度、黒井さまと」

「黒井……」

「おい、福川」

と、矢崎が言った。

「ええ。何度も出て来ている名前です」

「あの四人を引き取って行った勘定役もたしか黒井だぞ」

「どんな体格だった？」

竜之助は訊いた。

「背は低く、がっちりしていました」

やはり間違いない。

「そこまで話すと、あいつらはまた母屋のほうにもどって行くようでした。あっしも引き返そうと、いつもの木に足をかけると、やっぱり緊張していたんですかね、ずるっと滑りまして、木の根元にひっくり返ったのです。その物音で、あいつらもこっちを振り向きまして」

「乗り越えて逃げたが、屋台をかついでいるところは見られたってわけか」

「はい。あとはここらであっしのことを聞いたりしたら、住まいはすぐにわかったでしょう」

「それで、お前もいろいろ考えたわけだ？」

「はい」

「奉行所に相談してくれればよかったのに」

「いやあ、町方はお大名には手を出せねえってのは聞いてますからね」

やっぱりそうだった。

「幽霊ってのは意外だったな」

「そりゃあもう必死で考えました。ただ、もうそっちの表には出られないと思ってました。それで、できるだけこの町内にいたほうがいいと」

「そうだな」

「この家もすぐに見つかるだろうと思いました。ただ、いくらお大名でも昼間は手を出して来ないだろうと。それで、夜が危ない。夜、できるだけ皆が起きているふうにはできないものかというので思いついたんです」

「うん」

と、竜之助はうなずいた。

そこらは竜之助の推測どおりである。

「子どものころの幽霊騒ぎを思い出しましてね。大人たちはほんとに幽霊かと歩き回り、女子どもたちは怯えて寝つかれなくなったものです。それで、あれをやろうと。しかも、どうせなら、あのかどわかしに関係のある幽霊騒ぎにしよう。すると、町方も調べに来て、あのかどわかしに気づいてくれるかもしれないって」

そう言って、圭太は竜之助を見た。

「そりゃあ、おめえ、うちに珍事件ならやたらと頭が回るこいつがいて助かったぜ。誰もそんなふうには考えねえ。今月が北町奉行所の月番だったら、おめえはかまどの下で、木乃伊《ミイラ》になってたぜ」

と、矢崎が言った。

「そうですか。では、ぜひ下手人の捕縛まで」

「ああ、頑張るよ」

竜之助は約束した。

「だが、福川、手はあるのか？」

矢崎が訊いた。

「身代金の受け渡しのところが狙い目でしょう」

「そりゃそうだろうが、場所も方法もわからねえぞ」

「いま、押し込みで捕まえた連中が、一人ずつここらを回っているんです」

「ああ」

「あいつらたぶん、黒井というやつの言いなりになっているはずなんです」

「そうかもしれねえ」

「いったんは、藩士じゃないと突き放し、すぐにやっぱり藩士だってことにしましたよね」

「黒井の野郎がな」

「なぜだと思います？」

しばらく間があって、

「ははあ。下手人はそいつらだってことにするのか？」

と、矢崎は言った。

「おそらく」

「なるほどな。あいつらは斬られるため、もう一度、藩士にさせられたんだ」

「ということは、いまはまだばらばらに動いているので受け渡しはないでしょうが、四人がいっしょに動いたとき……」

「そこだ! よし、あいつらを見張らせよう。いまから中間を呼んで、そこらに立たせることにしよう」

「ぜひ」

「あっしはどうします?」

と、圭太が訊いた。

「とりあえず、ここは抜け出させて、ゆっくり寝かしてやりましょう」

竜之助は言った。

なんなら、一晩くらいなら役宅で預かってもいい。

「行くところはあるのか?」

と、矢崎が訊いた。

「あっしのところで預かりましょう」

と、文治が言った。

「そりゃあ安心だが、ここらを連中が見張っているだろうよ」

矢崎が言った。

すると、竜之助が、

「圭太。いまこそ、おめえの化けどころだろうよ」

と、笑いながら言った。

七

文治が路地の外まで出て行き、こっちを振り返って、大丈夫というようにうなずいた。

圭太が蝶丸の家で女装する許しももらった。蝶丸は、圭太が無事だったと知って、うっすら涙ぐんだ。

「ほら、入れ」

竜之助が圭太を促した。

「はい」

圭太が家から出ると、ちょうど前の家から兵八と正次が出て来た。

「あ、圭太」

「無事だったのか」

「ああ、冴えねえ顔で悪かったな」

と、圭太は言った。

「あれ、聞いてたのかい」

「だって、旦那があの幽霊は圭太だとか言うからさ」

兵八と正次は弁解した。

「やっぱり女の幽霊は圭太だとよ」

と、竜之助が言った。

「そんな馬鹿な」

「幽霊はたいした別嬪だったぜ」

「だったら見てろよ」

圭太の後から竜之助と矢崎、それに兵八と正次まで蝶丸の家に入った。文治は路地にいて、あいつらが来たら咳払いをすることにした。

圭太は蝶丸の鏡の前に座った。

まずは顔から首、胸元にかけて白粉を塗りたくった。呆れるくらいに塗る。たちまち、浅黒かった圭太が、眩《まぶ》しいくらい白くなった。

それから、蝶丸のところで預かっていた芝居の小道具のかつらをかぶった。このあいだもこれを使い、夜、そっともどしておいたという。

「まだ、まったく似てねえぜ」

「これじゃただののっぺらぼうだ」

兵八と正次はへらへら笑っている。

「よく見てろよ」

圭太はそう言い、眉、目、唇と描いていく。眉は細く、長く、すぅーっと外に流れる。優雅な眉である。目はくっきりと、目尻も描いていくと、目が二倍くらい大きくなったみたいである。その流し目の色っぽいこと。そして、口紅が、もともとの圭太の口とはまるで違うかたちにしてしまう。ぷっくりと、食べたいような唇。

兵八と正次は、圭太のすぐわきでのぞき込んでいたが、

「嘘だろ」

「なんか、胸がきゅんきゅんしてきたぜ」

などと騒ぎ出した。

矢崎も文治も、もちろん竜之助も呆気に取られている。

本当にまるで別人になっていくのだ。

「仕上げの青と紫も大事なのよ」

と、圭太は女の口ぶりで言い、目の上に青、目尻に紫を薄く刷《は》いた。

「どう?」

「いやあ、おったまげた」

「たいした別嬪だぜ」

一同、感心するばかりである。

「どうなってるんだい?」

と、竜之助が蝶丸に訊いた。

「化けやすい顔ってあるんですよ。圭太さんみたいな目も鼻もちんまりしてるほうが、描くと化けるんですよね」

「だったら、いい男に化けて、女にもてたらいいじゃねえか」

兵八がそう言うと、圭太は、

「ところがいい女には化けられても、いい男が難しいのさ」

と言って笑った。

「そう。また、いい男が化粧でいい男になるかというと、それも別なんですよ」

と、蝶丸が言った。

「福川でも？」

矢崎が訊いた。

「だって、福川さまは化ける必要ないじゃありませんか」

蝶丸がそう言うと、矢崎は悔しそうに竜之助を見た。

八

やよいは、八丁堀の役宅の井戸端で、ふきのとうと、つくしを水洗いしているところだった。

どちらも深川洲崎の土手に行って、摘み取って来たものである。

ふきのとうは、刻んで冷ややっこに載せるか、味噌汁の具にするか。やよい自身はもともとあまり好きではなかったが、このほろ苦さを竜之助は好きらしいのだ。そのため自分も食べるようになったら、たちまち好きになってしまった。春の香りがするところも、なんとも言えなかった。

つくしはアクがあるので、いったん茹《ゆ》でてアクを取ってから、甘辛くつくだ煮ふうに煮ようと思っている。

じつは、やよいは料理があまり得意ではない。

ところが、竜之助はやよいの料理はうまいと言ってくれる。

最初はお世辞で言っているのかと思った。だが、竜之助は口下手だからそんなお世辞など言うわけがない。

さんざん考えて、その理由は、竜之助がいままであまりおいしいものを食べてこなかったからだと気づいた。

だいたいが、徳川家というところは、東照宮さまにならって食は質素であるべきというのが家風になっている。しかも、ご飯は炊かないで蒸したりするし、毒見のこともあるから冷めたものしか食べられない。

そういう家風にのっかって、あそこの女中たちがまた、思いっ切り手抜きの料理をつくっていた。卵焼きとか言って、殻ごと焼いていた女中もいたくらいで、竜之助はそんなのも食べさせられていたのだ。

武家の屋敷では、当人の気持ちや力が弱かったりすると、お局《つぼね》などに苛《いじ》められ、ますます料理下手にさせられたりする。だが、幸いやよいは気も強く、武芸は男まさりだったので、お局もやよいには遠慮した。そのために、女中暮らしのあいだもふつうの料理の手順を覚えていたのである。

そのふつうの料理が、竜之助にとっては無茶苦茶うまい料理になるのだった。

ただ、近ごろは褒められるため自然と料理の腕が上がり、もしかしたら八丁堀の女のなかでも、うまいほうになっているかもしれない。

なにせ、料理をつくる喜びが生まれてしまったのだ。

——ん？

役宅の外を見慣れない男連れが通った。

それは視界のほんの端っこを通り過ぎただけだが、やよいは見逃さなかった。

男たちは二人とも同時に、この家に鋭い視線を向けて行ったのである。

やよいは立ち上がり、生垣のところまで行って、男たちの後ろ姿を見た。

男たちは立ち止まり、こっちを見ていた。だが、やよいの視線とぶつかって、
急いで顔をそむけた。

——何者だろう？

いちばん考えられるのは、柳生《やぎゅう》一族の下忍たちである。

徳川竜之助の秘剣〈風鳴の剣〉を打ち破ろうと、いま全国の剣の遣い手が、江戸にやって来つつある。

その一人が、柳生全九郎《ぜんくろう》である。

もともと風鳴の剣は、柳生新陰流《しんかげりゅう》の秘剣である。それが、最強の秘剣であったため、将軍家に伝授された。

時を経て――。

皮肉なことに、その柳生一族から、竜之助を破るため送り込まれた天才剣士、それが柳生全九郎だった。

ただ、柳生全九郎は天才にありがちな偏頗《へんぱ》な性格の持ち主だった。

全九郎は広場を恐れるのである。

このため、柳生の下忍たちがいつも同行し、全九郎が広い場所の恐怖を感じないで済むよう、いろいろ工夫している。

全九郎は下忍たちがいなくては、とても勝負などできるはずがない。その下忍たちが竜之助を探りに来たのではないか。

やよいは胸騒ぎがしてきた。

さらに心配ごとはつづく。

――え？

その二人連れが去って行ったかと思うと、すれ違うように妙な男がやって来たのだった。

九

女に化けた圭太は、文治とともに無事、神田のほうへ向かった。永久橋の上で関宿藩の藩士とすれ違ったが、まるで疑ったようすはなかった。

とりあえず圭太を逃がすことができて、一安心である。今日はゆっくり湯に浸かろうと竜之助は役宅にもどって来たが、

「若さま。さっきから表をなんだか気味の悪い人が行ったり来たりしてるんです」

と、迎えに出たやよいが言った。

「気味の悪い人？」

竜之助は、家に上がらず、外にもどった。

やよいも出て来て、

「ほら、あれ」

「ほんとだ」

編み笠をかぶっている。

袴はつけず、着流しの一本差し。高級旗本が吉原に忍ぼうかといった風情である。

だが、編み笠の下の顔がやけに白い。

白塗りにしている。歌舞伎《かぶき》役者か、あるいはおかまか。どっちかだろうと思ったとき、ぴんときた。

「爺だろう！　支倉辰右衛門《たつえもん》」

と、指を差した。

田安家の用人で、竜之助にとっては父親に近い存在である。

「ふふふ」

白塗り男は、嬉しそうに笑った。

「やっぱりそうだ」

「ばれましたか」

そう言って、笠を脱いだ。なんでも、変装というのはばれたときがいちばん楽しいらしい。

「まあ」

と、やよいが声を上げた。

「支倉さま、たいした美男でございますこと！」

「ほんとだ」

竜之助も同感である。

さっきは圭太の見事な変装を見たが、今度は支倉である。しかも、いい男に化けるのは難しいと言っていたが、なんと支倉がそれに成功しているではないか。

「え、そんなにいい男ですか？」

「凄いよ。このまま舞台に立っても、ひいきがいっぱいできるんじゃねえのかい」

と、竜之助は言った。

お世辞ではない。支倉の皺は、ぶ厚く塗った白粉で完全に消され、皺一つない肌になっている。

じっさいは薄い眉が、長めに一直線に描かれているので、意思の強さ、男らしさを感じさせる。さらに、目元に軽く青色を刷いて、陰影をつけている。その目の周りがなんとも色っぽい。

しかも、化粧をして初めて、支倉がなかなかいい鼻のかたちをしているのがわかった。

口も、ふだんは端が下がり、むっつりした感じなのに、それが紅によって修正されている。かすかな笑みすら漂う口元なのである。

「誰にやってもらったんだい？」

と、竜之助が訊いた。

「奥女中で、お松《まつ》という者がいるでしょう」

支倉がそう言うと、

「ああ、お松ちゃん！　あの子、白粉屋の娘で、化粧とか大好きなんです。自分の顔も上手につくるけど、他人の顔もできるんですね。今度、わたしもしてもらおう」

やよいが言った。

「お前は……」

と、竜之助は言いかけて、慌てて止めた。

お前はもう、充分きれいだろうが、と言ってしまいそうになったのである。

やよいはよく聞こえなかったらしく、支倉の目元の青が気になって、触らせてもらったりしている。

「そうか。爺みたいな顔がいいのか。意外だったなあ」

「なんのことです？」

「いや、いいんだ。それよりなんか用かい？」

「じつは若に相談がございまして」

と、自分から家の中に入って来た。

「内密に願いますぞ」

念押しするので、

「ふうむ。その顔を見ると、もしかしたらかどわかしに関することじゃねえのかい？」

と、竜之助は訊いた。

「なんと、なぜ、わかりました？」

「そりゃあ、顔に出てるよ」

「えっ、こんなに化粧しているのに？」

「八丁堀を舐《な》めるなよ、爺」

「もちろん舐めてなどいませんが」

「もっと当ててやろうか」

「はい」

「いなくなったのは小さな男の子だな。しかも、町人の子じゃねえ。たとえば大名家の若さまのような」

竜之助がそう言うと、

「いやはや、いるのですな。捕物の天才は」

爺は驚きのあまり、開いた口がふさがらない。

第五章　盗まれた身代金

一

竜之助が支倉から聞いたのは、ざっとこんな話である——。

関宿藩の用人・村垣五左衛門《むらがきござえもん》は、屋敷が霊岸島の同じ並びにあるというので、田安徳川家の支倉辰右衛門とも面識があった。

今朝、支倉が村垣と道で会ったとき、村垣はひどく元気がなかった。

もともとあまり元気あふれるという男ではないらしいが、今朝はもう、ふっと吹くと消えてしまいそうなくらい元気がなかった。

「どうなすった?」

と、支倉は訊いた。

「いや、とくに」

「元気がないですぞ」

「わしになど出るわけありません」

「わしになにかできることがあれば」

「いや、とても外には出せない話でして」

「わしの口が堅いことは、村垣どのもご存じのはずだが？」

「こういうことは相談されたほうも困ってしまうに違いないのです」

と、さんざん渋った挙げ句、重い口を開いたのが、なんと若君・三太郎《さんたろう》のかどわかしだという。

いなくなって、最初は神隠しだと騒いだらしい。

次に若君がなついていた女中もいなくなっていることがわかった。

もしかしたら、いっしょにどこかに行ってしまったのか。

女中は深川の出入りの商人の娘だった。実家も当たったが、もどって来ていない。

「これはおかしい」

と、大騒ぎになった。

そこへ昨夜、霊岸島の屋敷に矢文《やぶみ》が入ったという。

「明日中に、三千両をご用意いただく。明後日、それと引き替えに若さまをお返しする」

と、書かれてあったのである。

肝心の受け渡しの方法は、

「明後日、夕方、連絡する」

となっていた。

これが、村垣のほうでわかっているすべてらしい。

裏の事情はまったく摑んでいない。近所の町人地で若い女の死体が出たという話すら知らない。いかに大名家の江戸屋敷が、周囲の町から隔絶されているかがわかろうというものである。

「それで、爺はおいらのことを言ったわけだ？」

「ええ。わしはこうしたことに精通した者を知っていると。ただし、田安家の若だとは申しておりません」

「うん。そのほうがいいよ」

「すると、ぜひ紹介してもらいたいと。われらも全員でことに当たるつもりだが、なにせこうしたことは経験がなく、なにをどうしたらいいか、さっぱりわからないそうです」

「そりゃそうさ」

それが当たり前だろう。ふつうの人がかどわかしに遭った経験を持っていることなどほとんどない。

「若。いかがですか？」

「もちろん、協力するさ」

「ありがとうございます！」

「爺。じつは、さっきおいらがかどわかしを見破ったのは、驚くほどのことではないんだ。関宿藩でかどわかしがあったことはすでにわかっていたのさ」

「そうでしたか」

「いなくなった女中は、たぶん殺されている」

「なんと」

「死体は早桶に入れられ、箱崎町二丁目の吉兵衛長屋の路地に置き捨てられていた」

「かわいそうに」

「おいらたちはそっちを追いかけるうち、どうやら関宿藩邸で若さまのかどわかしがあり、それが露見しそうになった挙げ句の殺しだということまではわかったんだ」

「下手人は？」

「それもほぼ目星はついている」

「さすがですな」

「ただ、女中の死体を外に持ち出された以上、奉行所でもこれを内密にはできねえ」

関宿藩としては、いっさいを内密にしたいところだろうが、そうはいかない。下手人もわかれば、たとえ無理でも引き渡しを求めたいところである。

「そうでしょうな」

「さっそく、その村垣さんに会ったほうがいいだろうな」

と、竜之助はまた出かける支度を始めた。

「わかりました。では、いまから藩邸に行きましょう」

「いや、それは駄目なんだ。下手人はあの藩邸のなかにいる」

「なんと」

「だから厄介《やっかい》なのさ」

「たしかに」

「爺が、用人さんを外に呼んで来てもらうしかねえよ」

「わかりました」

支倉は立ち上がった。

「その顔で行くのかい？」

本当は行かせて相手の反応を見たいところだが、笑っている場合ではない。

「おっと、危ないところでした」

慌てて流し場に行き、顔を洗ってきた。

「いってらっしゃいませ」

やよいの切り火に送られて、二人は外に――。

二

関宿藩の用人・村垣五左衛門とは、支倉が知っていた小網町の料亭で会った。

竜之助は、田安家で懇意にしている町方の同心ということにした。大名家は、町人とのいざこざを解決するため、懇意の同心をつくっていたりするので、これは不自然ではないのだ。

関宿藩にはそうした同心はいないらしい。いままでは老中の力で、とくに町方は必要とすることもなかったのだろう。

「ざっと支倉さまから聞きました」

と、竜之助は言いながら、支倉を見た。

顔を洗ったはずだが、耳の下に白粉がべったりついている。教えてやりたいが、いまはそれどころではない。

「突然お願いして、申し訳ありません」

と、村垣用人は頭を下げた。

「いえ、それよりいくつか訊きたいことが」

「なんなりと」

「黒井という名の藩士がおられますね？」

「おります。黒井松之助」

「仕事は？」

「江戸屋敷の勘定方で出納《すいとう》役を」

いちばん金に詳しい男だろう。

「透明の剣とかいう奇妙な剣も遣うとか？」

この言葉に、支倉が心配そうに竜之助を見た。

「まさに、その男です。ただ、噂だけで、どのような剣なのかはわかりません」

「その者がかどわかしの下手人です」

竜之助は隠さずに言った。ことは一刻を争うのだ。

「そんな馬鹿な。信じられません」

村垣は首を左右に振った。藩の内部では信頼を勝ち得ているらしい。

「脱藩を計画しています」

「脱藩を！」

村垣は唖然とした。

「京に上るつもりで、軍資金がわりに三千両を持って行くつもりなのです」

と、竜之助は言った。

「では、そのままもどらぬつもりですか」

「すぐには抜けないでしょう。この騒ぎのほとぼりを冷ましてからではないでしょうか」

「図々しいやつめ」

「この黒井の手下みたいな藩士はいますか？」

竜之助は訊いた。

「手下というか、歳は上だが黒井に使われている四人がいますが」

「あ、そいつらです。たぶん下手人にされ、このまま行けば、黒井に斬られることになるでしょう」

「騙《だま》されているわけですな。愚かな者たちで、おそらく当藩で流行りの脱藩をするとしたら、皆、あの四人だろうとは言ってました」

「的中ですね」

「早く追い出しておくべきでした」

と、村垣は悔しそうな顔をした。

「三千両はすでに準備なさったのですか？」

竜之助は訊いた。

「はい。先ほど黒井を入れた五人がかりで、上屋敷から運び込みました。なにせ大金。途中で襲われたりするとまずいので、腕の立つ者を付き添わせたのです」

「それはよかったです。金は本物かどうか、確かめられましたか？」

「確かめました」

「その三千両はぜったいご用人が預かっていてください。そして、明日の朝も、動かす前も、かならず入れ替わっていたりしないか確かめてください」

「入れ替わる？」

「ええ。いつの間にか贋物になっていたりしかねません。もし、受け渡しの前にすり替わってしまったとしたら、若さまはもどらない公算も出てきます」

「なんと」

村垣は絶句した。

「いま、中屋敷には何人くらいおられます？」

「女や側室なども入れてですか？」

「いや、女はのぞいてもらっていいです」

「中屋敷なので、藩士は多くありません。ふだんはわたしと倅《せがれ》。それと、黒井の子分の四人。あとは、中間や小者が七、八人といったところです」

「あまり多くないのですね」

小藩とはいえ、若さまの一大事なのだから、もっと藩士が集まっていてもよさそうである。

「十日ほど前、殿が国許へお帰りになりまして、藩士のほとんどもそちらに」

「なるほど」

そこも隙を突かれたわけである。

「なにか？」

「いや、そこに千両箱を運んで来た黒井と、腕の立つ四人も来ているわけですね？」

「いや、黒井があまり大勢来て、敵を刺激するのもまずいと、四人は上屋敷にもどしてしまいました」

「もどした！」

「それがなにか？」

「反対なさらなかったので？」

と、竜之助は言った。

若さまがかどわかされるという一大事である。江戸藩邸の者が全員集まっても不思議はない。

「なにせ、上屋敷もあまり数がおらぬ上に、ほかに若さまや姫さまもおられますので。こんなときは、上屋敷も狙われかねないなどと黒井が申しますので」

「まずいなあ！」

竜之助は頭を抱えながら唸った。

三

「なにがまずい、福川どの？」

と、支倉が訊いた。

「中屋敷に村垣さまの味方が少な過ぎます」

「わしの味方？」

「ご子息だけですよ」

「それはそうだが」

自分が襲われるなどとは夢にも思っていないらしい。

「三千両は、今夜のうちに奪われるかもしれません」

「なんと」

「しかも、下手人はあの四人ということにするでしょうな。連中が金を運び出したところを黒井が見つけ、斬り合いになる。その挙げ句、四人は黒井が斬って捨てたが、すでに三千両は奪われてしまったと」

「そんな馬鹿な。わしと倅もその騒ぎに駆けつけるぞ」

「もちろんです。それで、どうなります？」

「わしらも斬られるのか？」

「ええ。下手人たちと戦った挙げ句ということで」

「なんと」

村垣はがっくり肩を落とした。

「どうしたらいい、福川どの？」

支倉も焦って言った。

「わたしが用心棒ということで中に入ってもいいが、顔を知られています」

「うむ。町方を中に入れたとなると、別の問題になる」

村垣は藩主の思惑も気にしているのだろう。

「しかし、この際は仕方ないでしょう。福川どの、わしもいっしょに。いや、田安家から十人ほど援軍を出しましょう」

支倉はとんでもないことを言い出した。

それこそ敵を刺激して、三太郎君《ぎみ》の無事も危うくなる。

「いや、ここは敵をできるだけ刺激せず、よその連中もからめないで処理したほうがいいでしょう。一つ、思いつきました」

「なんです？」

村垣と支倉が膝を進めた。

「その三千両を盗んでしまいましょう」

「え？」

「は？」

二人ともきょとんとした。

「これからわたしがそっと忍び込んで、三千両を盗んでしまうのです。それで、盗んだのはいま江戸を荒らし回っているなんとか小僧ってことにして、抜け出たわたしが門を叩きます。いま、なんとか小僧がここの塀を越えて逃げて行ったが、被害に遭っていませんかと。これで盗んだのはそのなんとか小僧ってことになります」

「ほほう」

「なるほど」

二人はいったんうなずいたが、

「だが、若を返してもらうための身代金はどうなります？　出せなかったら、若のお命も危うくなりますよ」

と、村垣は言った。

「はい。そこで、村垣さんはこう言い出すのです。若のためだ。田安家に知り合いの用人がいるので、その方から借金しようと」

「借金か」

村垣は顔をしかめた。借金は嫌いなのだろう。こういう用人がいてくれると、藩の財政も健全である。

「嘘の借金ですよ」

「それならかまわぬ」

と、村垣は安心したらしい。

「支倉さまのほうは、事情を察し、用立てると返事をなさいます。ただし、揃えられるのは夕方になってしまうと」

「ほう」

「それで、明日の夕方まで、金も皆も無事。黒井たちも、当初予定していた計画を実行せざるを得ないに違いありません」

「凄い。若じゃなかった福川どの」

支倉が目を輝かせて、竜之助を見た。耳の下の白粉がやはり気になる。

「いや、なに、それほどでも」

さっそく盗みを決行しないといけない。

四

急いで支倉に頼み、空の千両箱を三つ、用意させた。

これを持って、関宿藩邸に入り込むことにする。

箱崎のところどころに、矢崎に命令された奉行所の手の者が立っているが、皆、竜之助とは顔見知りである。なにか画策しているのだろうと、黙って見ているだけだった。

「裏口を開けます」

と、村垣が言った。

なにせ用人の案内だから、忍び込むのはかんたんである。

「千両箱は奥の部屋の床の間にあって、そこへは裏からも回れますが、ただその部屋には見張りがいます」

「よし。そっちで火事騒ぎを起こしてもらえませんか？」

「わかった。倅にやらせよう」

すぐに、「火事だ。誰か、水をかけるのを手伝え」と騒ぎ出した。

「おい、水をかけるのを手伝え。ここはわしが見ておく」

と、村垣は見張りの二人に言った。

「わかりました」

二人は駆けて行く。

「いまだ、福川どの」

「はい」

すばやく千両箱を三つ、裏に移し、空の箱を置いた。

火事はすぐおさまり、二人ももどって来る。

「ご苦労」

と、村垣もしらばくれた顔を迎えた。

そのときすでに、竜之助は裏口のほうにいる。千両箱は重いので、裏の布団部屋に隠すことにしたのだ。

これは明日にでもそっと運び出し、支倉から借りた金として、再度、運び込まれることになる。

そうしておいて、外に出た竜之助が門を叩いた。

「ご免。南町奉行所の者だ」

「なにごとだ？」

大名屋敷はそうかんたんに戸を開けない。

「泥棒がうろうろしている。この屋敷が狙われたみたいだ」

「なんだと？」

門番が誰かを呼びに行った。

ようやく正門のわきの潜《くぐ》り戸《ど》が開けられた。

竜之助が中に入ると、いたのは顔なじみの男である。

「なんだ、きさまか。帰れ」

「いや、あれとは別の話なんだ」

「別の話？」

「じつは、奉行所が追いかけている力士小僧という盗人の姿が見かけられた。怪力のくせに身が軽いという厄介な盗人だ。そいつがどうもこちらの塀を乗り越えて出て来たらしいのだ。重そうな袋を持っていて、どうも小判のような音がしたと言っている。こちらでなにか盗まれてはおらぬか」

「なんだと」

心覚えがあるのだろう、男は引き返して行った。

門の外で待っていると、しばらくしてもどって来た。いかにも機嫌が悪そうである。

竜之助は笑いたくなるのをこらえて、

「どうだった？」

と、訊いた。

「なにも盗まれてはおらぬ」

と、男は言った。

大名屋敷はこうなのである。盗まれたなどというのは恥だというので隠蔽《いんぺい》されてしまう。かつてねずみ小僧の盗みがなかなか発覚しなかったのも、もっぱら大名屋敷を狙っていたためだった。

「おかしいなあ。小判の音に間違いないと言ってたぞ」

と、竜之助は言った。

「おかしくない。帰れ、帰れ！」

通用口の戸が思い切り閉じられた。

それから竜之助は、田安の屋敷に行き、支倉とともに村垣が来るのを待った。

半刻（一時間）ほどして、村垣がやって来た。

「どうでした？」

竜之助が訊いた。

「うまく行きました。それで、わたしがこうして交渉に来た次第です」

地味な顔をしているが、なかなか芝居はうまいらしい。いや、こういう芝居は、地味な顔の人のほうが信憑性があるのだ。

「それはよかった。では、しばらくいて、お帰りください」

「わかりました」

これで、田安家が三千両の借金を承知したが、ぜんぶ揃うのは明日の夕方ということになる。

竜之助はひとまず今宵は役宅に帰ることにした。

五

翌朝——。
竜之助は、朝起きるとすぐに、

――なんとか若さまの無事を確認したい。

と、思った。

それによって向こうの策も違ってくるはずなのである。

「なんか、いい方法はねえもんかな」

朝飯を食いながら、つい、つぶやいてしまう。

「竜之助さま。わたしでできることなら?」

と、やよいが給仕しながら言った。

「あんたが? でも、あんたはこの前、顔を見られてるしなあ。関宿藩の藩邸に入らなくちゃならねえんだよ」

「どういうわけで?」

「じつはさ……」

竜之助はざっと説明した。

「だったら、駄目ですね」

やよいは悔しそうにしたが、

「竜之助さま。それなら美羽《みわ》姫さまにお願いしてみてはいかがです?」

と、膝を叩いて言った。

「美羽姫に？」

「許嫁《いいなずけ》でいらっしゃるんでしょ？」

「え、誰に訊いた？」

「そんなの知ってますよ」

「美羽姫ねえ」

　たしかに、美羽姫は使えるかもしれない。

　さっそく築地の阿波徳島《あわとくしま》藩邸に顔を出した。

　事情を説明すると、

「霊岸島の関宿藩？　はい、何度も行ったことはありますよ」

　と、美羽姫は言うではないか。

「じゃあ、あそこの若さまは？」

「三太郎さまですか？」

「おっ、知ってたかい？」

「ええ。まだ、お小さいですよ。六歳か七歳くらいで、わらわによくなついてくれているんですよ」

「へえ」

「また、可愛いのですよ」

「じゃあ、美羽姫、頼むよ」

ということになった。

どうやって、拉致《らち》された若さまの無事を確かめるかは、竜之助と美羽姫で考えた。


美羽姫は関宿藩邸にやって来た。

「これは美羽姫さま」

と、黒井松之助が挨拶に出た。

突然の訪問で怪訝そうにしている。邪魔だから帰れと言いたいが、言えないのだろう。なにせ大藩の姫さまである。

「町を歩いていたら、旧知の若さまに遊びに来てくれと言われましたので」

と、美羽姫は澄ました顔で言った。

「えっ、どこで？」

「どこだったかしら。わらわは町人の住まいはほとんど見ないで歩きますので。悪い？」

姫でなければ言えない言葉である。わがままなのに、厭味《いやみ》は感じさせない。天性の姫さま体質とでも言うのか。

「いや、別に」

「それで、上の窓から声をかけられたの。美羽姫さまって」

「そんな」

「どうしてこんなところにと訊いたら、ちょっと事情があってって」

「そう言ったのですか」

「はい」

「それで、もうまもなく屋敷にもどりますから、先に行って待っててくださいと」

「若さまが姫さまに？」

「あの可愛い顔で頼まれたら、断われませんでしょ」

美羽姫はそう言って、出されたお茶を飲んだ。ここで三太郎がもどるまで、本当に待つつもりである。

黒井がそっと屋敷を出た。

これを竜之助が後をつける。

やはり、この前文治が後をつけたこの男が、黒井松之助だった。

黒井は小網町のほうへ向かう。こっちに来るということは、押し込めているのはやはり町人地なのだ。それは竜之助が読んだ通りである。背後に武具屋を装った町人らがいる。

だが、黒井は突然、途中で足を止めた。

考え込んでいる。

やがて、悔しそうな顔に変わった。

罠だと気づいたらしい。くるりと踵を返し、屋敷にもどってしまった。

「ちっ」

竜之助は舌打ちした。三太郎君の居所は突き止められなかった。

ただ、無事は確認できたのである。

もし、すでに命を奪っていたら、確かめようともしないはずだった。

六

夕方――。

田安家から借りたと、三千両が運び込まれた。なんのことはない。この藩のものである。

すると、黒井が騒ぎ出した。

「矢文が入った！　受け渡しの方法を報せてきたのだ！」

広げた紙を皆に見せるようにした。

「どうすればいい？」

と、村垣が訊いた。

「湊橋の上に来いと書いてあります」

「湊橋」

ここからすぐの、霊岸島新堀に架かった橋である。

「そのとき、三千両は箱から出して丈夫な風呂敷に包んで来いと。それで若さまを見つけたら、その三千両を、橋の真ん中から下の川に落とせと」

「川に入れるのか」

「入れなければ、若さまの命はそこで奪う……となっています」

「わかった。急ぐぞ」

と、村垣は動き出した。

この話はすぐに竜之助に伝えられた。

「川に投げ込むそうだ」

「なるほど。これでわかりました」

竜之助は手を叩いた。

「わかったのか？」

村垣は呆れた。

「ええ。この手の取り引きはそうそういろんなことはできないのです。三千両は渡させません。黒井もできればお縄にしますが」

「いや、町方に迷惑をかけるようなら斬ってくれてかまわぬ。どうせ、女中を殺したような男だ」

「わかりました」

竜之助は、支度があるらしく、急いで駆けて行った。


暮れ六つ（午後六時）が近い。

湊橋の上。

下を通る荷船は、すでに提灯《ちょうちん》をつけている。

橋の上にいるのは村垣五左衛門と、倅である。三千両は重くて、川に落とせとか言われても持ち上げることができなかったりする。二人がかりならなんとかなる。

どんどん暮れて来る。

村垣は周囲を見回す。同心の福川竜之助も、黒井松之助もいない。どこに行ったのかわからない。

すると――。

上流から小舟がやって来た。

提灯が舟先にある。船頭一人に客一人。客は小さい。子どもである。

その小舟がすぐ近くまで来て、岸に寄せられた。

「若ですか？」

村垣が声をかけた。

「ああ、村垣の爺か」

まさしく三太郎の声である。

「提灯に顔を寄せてくださいませ」

念のために顔も見た。間違いない。

「若……」

無邪気な顔を見て、村垣は泣きそうになったらしい。

「よし、落とすぞ」

村垣と倅は、よいしょっと三千両入った風呂敷を持ち上げ、下に舟がないのを確かめ、手を放した。

どぶん。

意外に小さな水音としぶきを上げただけで、三千両は川に沈んだ。

このあとどうなるか、村垣は知らない。

とりあえず三太郎を保護するため、

「若。ただいま、参ります」

と、村垣は岸辺に駆け寄った。

七

このとき竜之助は、湊橋からすこし下流で、小舟の上にいた。船頭は文治である。

竜之助はじいっと目を凝らしていた。

三千両が落とされた。

すると、そこから離れた川岸で、小舟に乗った漁師がさりげなく動き出した。

「あいつだ、文治」

「ええ。網を引いてますね」

「ああ。あの橋の下に網を仕掛けておいたんだ。あれは引き上げずに、ちっと離れたあたりまで持って行くつもりだろうな」

「合図しますか？」

「おう、してくれ」

文治は後ろのほうに手ぶりで合図を送った。

そこには矢崎たちの舟が待機してあった。

「福川さま。黒井ってのは？」

「ほら、あっちだ。そろそろ始まるぜ」

竜之助が指差したのは、漁師がいるのとは反対側の岸辺である。

「おい、お前ら、逃げろ！　黒井に斬られるぞ！」

竜之助は言った。

くだらない連中だが、浮かれて脱藩しようとしているだけだろう。かどわかしのことなどなにもわかっていない。

「なんだ、同心ではないか」

「なにしてる、こんなところで？」

と、暢気《のんき》なものである。

「いいから早く逃げろ」

竜之助がそう言って、舟を近づけようとしたときである。

「きさまらが下手人か！」

と、大きな声がした。

黒井松之助の声である。

「なに言ってるんだ、黒井さん？」

四人のうちの一人が訊いた。

「くだらぬことをしやがって！」

そう言ったとき、黒井の剣が抜かれた。

「うわっ」

「なんだ」

「見えぬ」

「どういうことだ」

口々に悲鳴が上がった。

確かに竜之助の目にも、黒井の刃は見えていない。

四人は次々に水に落ちて行った。

「文治。助かりそうなやつは助けてくれ」

竜之助はそう言って、四人が乗っていた舟に飛び乗り、さらにそこから黒井の乗った舟に飛び移った。

「なんだ、きさま？」

「黒井さん。くだらぬ芝居はもうやめなよ。あんたの悪事はすでに見破ったぜ」

「なにを言う」

「あんたは三千両を盗んだ大泥棒だ」

「きさま。死にたいらしいな」

黒井は刀を構えた。刃のない刀は鞘に入っている。

「ふっふっふ。あんたの剣はわかったよ」

「なに？」

「おいらにも秘剣があるが、そんなの遣うまでもなさそうだ」

「さあ、来いよ。ちょうどいい間合いだろう。紐で伸ばした刃を振り回すには」

「黙れ」

黒井が刀を抜いた。

とても刃が届く間合いではない。

ところが、刃は信じられないほど伸び、竜之助の胴に迫っていた。

さっきの斬り合いを見ていなかったら、危なかっただろうか。

いや、やはりこの剣の仕掛けは、見当がついていたに違いない。剣が消えるなどということがあるわけはない。

であれば、だいたい想像がつくというものである。

かきん。

竜之助の刀が一閃し、刃の先が弾かれた。

「なにが透明の剣だよ。刃だけ紐でくくりつけ、それを振り回す。どうしても鍔《つば》のあたりを見るから、旋回している刃は目に入らないという寸法だ」

竜之助は謎解きをした。

「つまらねぇ、小細工みてえな剣だ！」

竜之助は大きく跳んだ。

黒井は竜之助の剣の峰で首筋を打たれ、舟の底にひっくり返った。

八

いったん、縛り上げた黒井を関宿藩邸に連行した。

この先、町奉行所と関宿藩とのあいだで話し合いがもたれ、黒井の処分をどうするか話し合いがなされるのだろう。

町方が他藩の内部のことに手を出せないというのは、本当に面倒な話である。

こういうおかしなことに対する憤りが、幕府崩壊を導く一因になっているのだろう。

竜之助は、黒井はぜひとも町奉行所で裁くべきだという意見を言ってみるつもりである。

いずれにせよ死罪になるのは間違いないが、他藩の者とはいえ、江戸市中で犯した罪については、町奉行所が裁くのが当たり前だろう。

黒井に斬られた四人のうち二人は、なんとか命を取り留めていた。だが、黒井の剣の秘密は斬られたあともわかっておらず、

「あれは魔物の剣だ」

「うわっ、また斬られるぞ」

などと、すっかり怯えてしまっていた。

関宿藩邸に入ると、三太郎君は美羽姫と機嫌よく双六《すごろく》で遊んでいた。

幸いどこも怪我はなく、人質としての扱いも悪くなかったらしい。ただ、お気に入りの奥女中の姿がないのを心配しているのが哀れだった。

双六が一段落したところで、

「姫さま、ご協力ありがとうございました」

と、竜之助は美羽姫に礼を言った。

「とんでもないです。竜之助さまにはいつも面白い経験をさせていただいています」

「いえいえこちらこそ」

美羽姫が関わると、かならず想像を越えたできごとが起きた。なんといっても強烈だったのは象の出現である。

あの象の背中に乗って火事の現場に現われた姿は、いまでもよく覚えている。

鯨の出現も驚きだった。

このまま美羽姫を町方のことに引っ張り出したりすると、さらにとんでもないことが起きるかもしれない。

龍や麒麟《きりん》が出てきてもおかしくない気がする。

「竜之助さま」

ふいに口調が改まった。

「え?」

「申し上げたいことがございます」

「なんでしょう?」

「許嫁の件」

「あ、はい」

「父に頼んで解消してもらいます。いいですよね」

「おいらもそのほうがいいと、ずっと思っていましたよ」

と、竜之助はうなずいた。

本当にこの天性の姫さまは、のんびりした大きな家がふさわしいのだと思う。竜之助はあの役宅が一生の棲み家になってしまうかもしれない。いや、むしろそうしたいのである。

「それに、竜之助さまには、わたしなどよりずっとふさわしい人がいらっしゃいます」

「おいらにですか？」

「はい」

美羽姫はからかうように微笑んだ。

ふと、竜之助の脳裡に二つの顔がちらちらした。

「あ、もしかして、思い浮かんだ人は一人じゃない？」

と、美羽姫は言った。

「いやいや、そんなことは」

「もしかして、竜之助さま、浮気性？」

「それはぜったいないと思います」

竜之助はきっぱりと言った。

「では、そのうち自然とおわかりになると思いますよ」

「はあ」

美羽姫にそういうことを教えられるとは思わなかった。

吉兵衛長屋にもどって来ると、圭太がいた。

「ぜんぶ解決したぜ」

と、竜之助は圭太の肩を叩いた。

「ありがとうございました」

「いや、礼を言うのはこっちだぜ。あんたがいろいろやってくれたおかげで、かどわかしも解決できたんだ」

「そう言っていただくと嬉しいです。ここしばらく、人に褒められることはなんにもありませんでした」

「聞いたよ。芝居で失敗したって」

「才能がなかったんでしょう」

「いやあ、あの化けっぷりを見たら、まだやれることはあるんじゃねえのかい？」

と、竜之助は慰めるように言った。

芝居のことなどなにもわからない。が、なにもかも諦めてしまうのも早いのではないか。

「蝶丸さんにも報せてやったほうがいいんじゃねえのか？　ずいぶん心配してい

たぜ」

と、竜之助は言った。

「蝶丸に？」

「おめえのことが大好きみたいだぜ」

「まさか」

圭太は目を瞠《みは》った。

「まさかじゃねえって」

「座頭のお嬢さんですからね」

「遠慮があったのかい？」

「そりゃあね」

「でも、蝶丸さんはそんなふうに思っていねえよ」

「そうだったら、あっしも嬉しいですが」

「あんなきれいな人に芸者をさせといたら、すぐに誰かに取られちまうぜ」

「わかりました」

圭太は決心したように大きくうなずき、日本橋のほうへ小走りに駆けて行った。

「旦那。ずいぶん粋なことなさったんじゃねえですか」

後ろから文治が言った。

「柄にもねえことだと言いてえんだろ？」

「違います。ほんとに粋でしたよ」

竜之助は恥ずかしそうに微笑んで言った。

「ま、春だからな」

九

竜之助とやよいが並んで歩いている。

事件は無事、解決し、疲れたので湯に浸かって来ようと、二人で近所の湯に入って来た帰りだった。

湯上がりなのにそう寒くない。むしろ、風が心地よい。

「竜之助さま」

「ん？」

「あの花」

と、やよいは顔のあたりで人差し指を出した。その先を目で追う。

隣家の庭先である。かなり高いところに白い大きな花が咲いていた。

「今日、咲いたんですよ」

「そうなのか？」

「昨夜は咲いてなかったです」

「へえ。あんた、近所の花まで見て歩いてるのかい？」

「竜之助さまのお帰りが遅いときだけですよ」

そういえば、遅くにもどって来るとき、なんとなく門のあたりにやよいの匂いを感じたときが何度かあった。

あれは、すこし前までやよいが自分の帰りを待っていてくれたからなのだろう。

「お前、このあいだ、美羽姫が許嫁って言ったよな」

「はい」

やよいの表情をすっと悲しみみたいな影が走った。

「あれはなくなった」

「え？」

「美羽姫がその話を解消してくれるように父御に頼むそうだ」

さっき聞いたばかりの話である。

「まあ」

「おいらもそれがいいって言った」

「どうしてです？」

「さあ。おいらが町方同心なんかして駆け回っているから、愛想づかししたんじゃねえのか」

じつは、「竜之助さまには、ずっとふさわしい方がいらっしゃいますよ」と、謎めいたことを言われたのである。

だが、それを言うと、妙な詮索をされそうで、しらばくれることにした。

「よろしいんですか、竜之助さまは？」

「当たり前だろ」

「どうして当たり前なんですか？」

「どうしてだろうな。でも、そう言われてホッとしたくらいだからな。重荷が取れた気分だよ」

「そうなんですか」

「あんたには許嫁とかいねえのかい？」

と、竜之助は訊いた。

「わたしなんかにいるわけないですよ」

「そうなのか」

なぜかホッとしている自分に気づいた。

「春が来てますよね」

と、やよいは言った。

「ああ、来てるな」

本当に、すぐそこに来ている気がする。

二人は家に入った。

留守番をしていた猫の黒之助が出て来て、嬉しそうに鳴いた。

「急いで晩ご飯の支度を」

やよいが台所に行こうとするのを、

「いや、急がなくていいぜ。まだ、そんなに腹減ってねえし」

と、竜之助は止めた。

ちらりと見ると、なんとなく竜之助の顔が上気している。

——まさか、竜之助さま、わたしの湯上がりの色っぽさで？

そう思ったが、すぐに自分の推測を打ち消した。そんなわけない。わたしが湯に浸かったくらいで色っぽくなんかなるわけがない。まして浴衣じゃないから、自慢の胸も目立たない。

「じゃ、お茶でも」

「ああ、いいね」

「あんたもいっしょに」

「よろしいんですか」

やよいの胸が高鳴る。これはいままでになかった展開の気がする。

湯上がり。差し向かいのお茶。春を感じさせる生暖かい夜。

——お茶に酒でも混ぜようかしら。

などとやよいは悪い策略まで思った。酔った勢いで、わたしを口説いてくれたりするかもしれない。

だが、本当に口説かれたらどうしよう。もちろん断わる気などさらさらない。

もしかして、いまから人生でいちばん素敵な夜が始まるのかもしれない。

やよいの期待が最高潮に高まったときである。

「殺しです」

と、御用の提灯を持った男が役宅に駆け込んで来た。

運命はなんて無粋なのだろう。

「よし、すぐ行く」

竜之助の反応は速い。床の間の刀を摑んで腰に差した。

やよいが羽織を持って行って着せかけると、竜之助は柱にかけた十手を摑み、くるくるっと指で回すと、さっと帯に差し込んだ。

これもやよいが惚れぼれする竜之助のしぐさである。

だが、やよいは、

——おかしい。

と、思った。なぜ、奉行所ではなく、この役宅に飛び込んで来たのか。ちらりと昨日見かけた二人連れのことを思い出した。

やよいは男の顔を見た。あの二人とは別人である。悪人には見えない。どこかの番屋から来たのか。

「おっと、手帖も持って行こう」

竜之助は自分で寝間のほうにもどった。

その隙に、

「番太郎さんですか？」

と、やよいが男に訊いた。笑みも浮かべ、ごく自然な口調になるよう気をつけた。だが、心配のあまり、ご新造っぽくなったかもしれない。

「ええ。浅草の下平右衛門《しもへいえもん》町の番屋の者です」

息を切らしている。それくらいは駆けて来たのだ。

「なぜ、直接ここに？」

さらに訊いた。

「殺されたやつが福川さまのお知り合いだそうで。奉行所には別の者が向かいました」

いちおう辻褄は合う。

たぶん、この男は誰かに命じられているだけなのだろう。

──ついに、来た。

と、やよいは思った。これは間違いなく柳生全九郎の罠。

「よし、行くぜ」

竜之助が出て来た。

竜之助は気づいていない。

だが、いま気づいていなくても、かならず途中で気づくはずである。いや、もう気づいてはいるが、それを気持ちの上まで出していないだけかもしれない。

むやみに心を煩《わずら》わせない。

それがいまの、徳川竜之助の生き方なのだ。

自然のまま、流れるように生きる。それはすなわち、剣の極意でもあるのだろう。

「お気をつけて」

竜之助に切り火をかけ、笑顔で送り出す。

だが、竜之助が出て行くとすぐ、やよいはすばやく忍び装束を着込んだ。短めの刀。手裏剣を十本、苦無《くない》を一本。武器はこれだけで充分だろう。

柳生全九郎という剣士は一人では動けない。

広い世界が怖いのだ。

だから、柳生一族の下忍たちが、全九郎を手伝う。

将軍家最強の秘剣〈風鳴の剣〉を破るために。

もし、下忍たちも全九郎といっしょに闘うのであれば、そちらはやよいが相手をするつもりである。

それくらいの手伝いは、竜之助も許してくれるのではないか。

竜之助よりほんのすこし遅れて、やよいも夜の江戸を駆ける。

江戸の町は、黒い。そもそも家々が黒く塗られている。それが夜の闇に塗りつぶされたとき、巨大な山脈のように両側にそびえたつ。

だが、その山脈のあいだから、かすかに花の香りが漂う。

もう梅が咲き始めている。ハクモクレンも。こんな馥郁《ふくいく》とした宵に、誰が好きこのんで戦うだろう。

やよいは花の匂いを感じながら、火の用心の桶を段差にして家々の屋根に飛び上がる。

屋根の上を駆ける。誰にも見咎められない。

身体は軽く、足元に乱れはない。風のように夜を走る。

頭上に月、満天に星。地上をうっすらと影が走るのも見える。

わたしは、くノ一。

使命はただ、徳川竜之助の秘剣を見届けること。

いや、徳川竜之助の勝利を確かめること。

浅草下平右衛門町の町並が見えてきた。
——あそこだ。
案の定、柳生全九郎が待ち構えていた。
小柄な身体から邪悪の気配が立ち昇っている。天才剣士。刃を持った狼。
だが、やよいは竜之助の勝利を信じる。
ほら、いま、竜之助の刃が、風を受けて鳴り始めた。
あれが、無敵の風鳴の剣——。

本書は２０１４年11月に小社より刊行された作品の新装版です。

双葉文庫

か-29-66

新《しん》・若《わか》さま同心《どうしん》　徳川竜之助《とくがわりゅうのすけ》【八】

幽霊《ゆうれい》の春《はる》〈新装版《しんそうばん》〉

2025年2月15日　第1刷発行

【著者】

風野真知雄《かぜのまちお》

【発行者】

箕浦克史

【発行所】

株式会社双葉社

〒162-8540 東京都新宿区東五軒町3番28号

［電話］03-5261-4818(営業部)　03-5261-4831(編集部)

www.futabasha.co.jp(双葉社の書籍・コミックが買えます)

【印刷所】

中央精版印刷株式会社

【製本所】

中央精版印刷株式会社

【フォーマット・デザイン】

日下潤一

ISBN978-4-575-67234-3 C0193

Printed in Japan